Milton Célio de Oliveira Filho

O caso dos cães irados

MILTON CÉLIO DE OLIVEIRA FILHO

O CASO DOS CÃES IRADOS

GLOBOLIVROS

Copyright © 2017 Editora Globo S. A.
Copyright do texto © 2017 Milton Célio de Oliveira Filho

Todos os direitos reservados. Nenhuma parte desta edição pode ser utilizada ou reproduzida — em qualquer meio ou forma, seja mecânico ou eletrônico, fotocópia, gravação etc. — nem apropriada ou estocada em sistema de banco de dados sem a expressa autorização da editora.

Editora responsável **Camila Werner**
Editor assistente **Lucas de Sena Lima**
Assistente editorial **Milena Martins**
Capa e diagramação **Diego Lima**
Projeto gráfico original **Laboratório Secreto**
Preparação **Carla Bitelli**
Revisão **Simone Oliveira**
Ilustração da capa **Jan Limpens**

Texto fixado conforme as regras do Acordo Ortográfico da Língua Portuguesa (Decreto Legislativo nº 54, de 1995).

CIP-BRASIL. CATALOGAÇÃO NA FONTE
SINDICATO NACIONAL DOS EDITORES DE LIVROS, RJ

O47c	Oliveira Filho, Milton Célio de O caso dos cães irados / Milton Célio de Oliveira Filho ; [ilustração Jan Limpens]. – 1. ed. – São Paulo : Globo Livros, 2017. : il.
	ISBN 978-85-250-6206-2
	1. Ficção infantojuvenil brasileira. I. Limpens, Jan. II. Título.
17-42012	CDD: 028.5 CDU: 087.5

1ª edição, 2017

Direitos de edição em língua portuguesa para o Brasil adquiridos por Editora Globo S. A.
Av. Nove de Julho, 5.229 – Jd. Paulista
01407-907 – São Paulo – SP – Brasil
www.globolivros.com.br

Para Quincas, o lhasa apso de Mônica e Neville

Prólogo

Berlim, 7 de abril de 1945
Caro Friedrich Weber,

Há alguns dias, temos ouvido tiros se aproximando.
Todas as noites, bombardeios incendeiam casas e edifícios,
espalhando a destruição e o caos. Nossas estradas estão to-
madas por escombros. Embora nossas rádios continuem a
martelar mensagens otimistas, já sabemos que o fim está
próximo. Ainda há pouco, o estrondo violento de uma ex-
plosão estilhaçou os vidros das janelas, e meu escritório foi
tomado pelo pó, obrigando-me a ir para o porão para escrever esta carta. Mas vou direto ao assunto, sem maiores de-
longas! Eu estava engajado em um projeto secreto, a pedido
do Alto Comando, para desenvolver um produto que deveria
levar nosso país à supremacia militar. Enquanto meus colegas cientistas se preocupavam com o desenvolvimento de
novas armas extraordinárias, foguetes, caças aerodinâmicos
e tanques gigantescos, eu me dedicava a uma substância
que, usada de forma apropriada, espalharia o pânico em
território inimigo e conduziria nosso povo à vitória. Infelizmente, quando estava para concluir a pesquisa, o cenário

da guerra já se mostrava desfavorável às nossas forças. Em breve, a luta será de rua em rua, de casa em casa, e temo que as minhas anotações possam cair em mãos erradas. Por isso, valho-me de nossa antiga amizade para confiá-las à sua guarda; são centenas de páginas de um estudo que custou anos de minha vida. Um soldado as levará até sua residência. Não se assuste! Ele não terá mais de quinze anos de idade. Porém, esse menino é um dos bravos combatentes que defenderão a capital do Deutsches Reich até o último cartucho.

Cordiais saudações,
Hans Schubart

O cão ladra... e morde!

Giba estava no chão, deitado sobre almofadas, disputando uma partida on-line com um tal de Henry, da França. Era seu passatempo predileto: conectar-se à rede para desafiar adversários que estivessem em outros lugares do planeta. No momento, ele conduzia o Barcelona a uma vitória de três a um contra o Ajax. Mas de novo estava sendo vencido pela ansiedade. Pausou o jogo para fazer uma ligação.

— Você vai demorar?

— Já estou descendo na estação Sumaré, Giba. O Ulisses está de bike e combinou de me encontrar aqui para irmos juntos até a sua casa — Pati explicou. — Logo chegamos.

Pouco depois a campainha da porta soou.

— Podem entrar! — disse Giba.

Ulisses e Pati passaram pela porta e entraram na sala, revelando uma indisfarçável curiosidade.

— Então, Giba, o que aconteceu de tão importante? — Pati já chegou perguntando. — Eu estava indo para meu treino de judô quando recebi sua mensagem.

— Depois que eu contar o que descobri, vocês vão entender a minha pressa em chamá-los.

— Cara, deve ser muito importante! Desisti de andar de bike no Ibirapuera só para vir aqui — reclamou Ulisses.

— Ouçam, tenho algo sério para anunciar...

— O que houve? — Pati estava impaciente.

Giba mastigou cada uma de suas palavras:

— Acho que estamos diante de um mistério que só se vê em filmes de suspense.

— Desembucha logo! — rugiu Ulisses, coçando o cotovelo.

— Vocês devem ter ouvido sobre o que aconteceu com o zelador do Galileu.

Ulisses e Pati assentiram. Não havia quem não soubesse do caso que assustou a todos no Instituto de Educação Galileu Galilei. O ataque de um vira-lata conhecido como Zecão, que vivia nas imediações, ao zelador da escola.

— Pois bem. O Zecão atacou o Seu José com a força de um leão. Se os seguranças não chegassem a tempo, ele teria acabado com o coitado. O Seu José está até agora no Hospital das Clínicas se recuperando dos ferimentos.

— Concordo que isso foi estranho, Giba. Mas o que nós temos com assuntos, digamos, caninos? — questionou Pati.

O sarcasmo da amiga não arrefeceu o ânimo do rapaz.

— Isso tudo é muito intrigante. Depois de ser cercado pelos seguranças, o Zecão saltou o muro da escola sem esforço. Um muro de mais de dois metros de altura! Uma proeza para um animal que mal se sustentava sobre as patas.

Ulisses franziu a testa e Giba prosseguiu sua exposição:

— As testemunhas são pessoas idôneas. O Godói, o Jairo e o Ademar trabalham no Galileu há anos como seguranças e não inventariam uma história dessas. Vejam estas notícias que eu levantei.

Pati e Ulisses se debruçaram, alvoroçados, sobre as letras miúdas do tablet do amigo.

A cada toque na tela, uma nova matéria em letras escuras aparecia.

— Fiz a pesquisa em jornais e na internet nestes últimos meses. Vejam como estas manchetes são semelhantes!

CÃO DESAPARECE APÓS AGRESSÃO A EMPRESÁRIO NA POMPEIA.

BULDOGUE MORDE IDOSO EM PERDIZES.

CACHORRO ATACA FILA DE ÔNIBUS NO PARQUE ANTÁRTICA.

CÃO-GUIA APAVORA JOVEM COM DEFICIÊNCIA VISUAL NA ZONA OESTE.

Giba completou:

— Acho que o ataque ao Seu José está relacionado a esses outros ataques!

— Por que acha isso? — quis saber Pati.

— Observem que há um padrão em todos eles! Ocorreram, sem exceção, em bairros da zona oeste de São Paulo. Em todos os casos, os cães transformaram-se em feras sem uma explicação razoável!

— Tem certeza disso?

— Ainda é uma suposição! Mas nós poderíamos investigar este caso. O que acham? Sinto que há algo estranho no ar.

— Investigar? — assustou-se a menina. — Nós não somos detetives!

— Sei disso. Mas cada um de nós tem habilidades especiais. Você, Ulisses… Seus dotes como ilusionista são famosos.

— Sou apenas um amador.

— Deixe a modéstia de lado. Você também sabe se caracterizar de tal forma que chega a ficar irreconhecível até para sua própria mãe. Isso lhe dá, entre nós, o título de Mago dos Disfarces. — Giba deu uma risada.

— E eu?

— Você, Pati, é uma atleta. Sua participação no time de handebol do colégio foi simplesmente fantástica! Sem contar suas vitórias no judô.

— E quanto a você, Giba? — brincou Ulisses — Qual é o seu talento, além de ficar jogando charme para as meninas do Galileu?

Giba ficou corado como um tomate. Pati lembrou bem:

— Giba é nosso gênio em química, física e matemática, sem contar que é um craque do futsal, não é?

Ainda vermelho, Giba gaguejou:

— É, é...

— Então vamos unir esses poderes — arrematou Ulisses, rindo. — Juntos seremos imbatíveis! — A ideia não é ruim.

— Pati refez seu rabo de cavalo. — As aulas estão acabando e já estou entediada. Um pouco de adrenalina não me faria mal! Você me convenceu, Giba!

Uma abelhuda na parada

Logo estavam empolgados, discutindo os rumos da investigação. Em dado momento, ouviram um estalido saído detrás da estante que dividia o ambiente. Pati, em uma fração de segundo, saltou sobre a sombra que se projetava na parede. Sua mão segurou um tufo de pelos brancos.

— Ora, mas o que é isto?

Giba reconheceu o espião:

— Otto?! O que está fazendo aí, meu camarada?!

Otto era o cãozinho SRD de sua irmã — ou seja: sem raça definida. Os dois eram unha e carne.

— Pessoal, é melhor não deixar uma testemunha da nossa conversa por aí, mesmo sendo um cachorro. Nunca se sabe... Tem cachorro que só falta falar! — Giba piscou um olho maroto para os amigos.

— Isso mesmo! — concordou Ulisses — Temos de silenciar Otto. Vou dar uma voltinha com ele e resolvo esse problema sem demora! Ainda bem que ele é pequenininho.

Depois dessas palavras, um ser de duas pernas cruzou a sala para salvar o cãozinho.

— Nãoooo!!! Otto não tem culpa de nada. Eu é que estava escondida ouvindo a conversa de vocês.

Giba lançou um olhar furioso para a irmã.

— Ora, ora, se não é a pequena Rita, sempre enfiando o nariz onde não é chamada!

Otto fazia cara (ou focinho) de culpado. Mas Rita, recomposta, erguia o queixo em posição de desafio.

— Eu queria saber por que vocês andavam cochichando. Ouvi tudinho! Então é isso?! O ataque do Zecão ao zelador do Galileu? Estão querendo bancar os detetives e investigar o caso?

Ulisses não podia acreditar em tamanho atrevimento!

— Quem você pensa que é para se intrometer em assuntos que não lhe dizem respeito?

Pati estava irritadíssima.

— Eu devia lhe dar uns safanões, pirralha!

— Nem pense nisso, queridinha! — reagiu a pequena Rita. — Daqui a pouco vou mandar uma mensagem para a Fô. Quero fofocar sobre os alunos do Galileu que vão bancar os detetives. Essa notícia vai bombar nas redes sociais! Vocês vão ver!

Os amigos estremeceram. Fô era prima de Ulisses. Seu nome era Dolores, e o apelido não tinha nada a ver com "fofura", mas, sim, com "fofoqueira". Sua fama de linguaruda ultrapassava os limites do Galileu Galilei, onde todos eles estudavam. Se a história caísse nos ouvidos de Fô, eles não teriam mais sossego!

— Calma, maninha! Podemos fazer um acordo.

— Acordo? Não adianta me oferecer chocolate, que eu não caio nessa.

— Você não gostaria de participar das investigações?

Rita abriu uma expressão de alegria.

— Sim! Mas você sempre dizia que não se misturava com gente do meu tamanho... — emendou ela, tristonha.

— Isso era brincadeira. Na verdade, estamos sentindo falta de alguém como você para completar nossa equipe.

Rita deu de ombros, com estudada indiferença.

— Está bem! Vou aceitar o convite e colocar meu cérebro à disposição de vocês! Quando começamos?

— Calma, Ritinha! — ponderou Ulisses. — Você será admitida em regime de experiência. É isso ou nada!

— Vou me contentar com essas condições, por enquanto. É claro que o Otto estará comigo! Aonde vou, meu cãozinho também vai!

Pati soltou uma última provocação:

— Ótimo! Agora, com seus poderes de bisbilhoteira e o superfaro do Otto, seremos realmente invencíveis!

Rita fingiu não entender a zombaria. Antevendo atritos, Giba resolveu apaziguar os ânimos:

— Rita, como a mais nova integrante da turma, você terá a honra de ler uma última matéria que encontrei na internet. Tenho certeza de que vai achá-la interessante.

— Ler para vocês? Aqui? Agora?

Ela não era capaz de ler uma linha sem seus óculos de armação cor-de-rosa. Orgulhosa com a primeira tarefa, disparou como uma flecha para buscá-los no quarto.

— Não saiam daí. É só um minutinho.

Giba aproveitou a oportunidade para dizer que eles não deviam dividir um assunto tão grave com uma menina de dez anos. Uma nova reunião foi marcada para o dia seguinte, no refeitório do colégio, após a última aula.

***

Já com os óculos, Rita deparou com uma matéria sem sal e sem açúcar sobre ataques de pragas a plantações de hortaliças. Desviou os olhos do tablet:

— Ei! Nós não íamos ler sobre ataques de cães a pessoas? Agora vamos falar de ataques de pulgões a plantações?

— Ah, sim! — respondeu Giba. — Achamos a matéria sobre os cachorros violenta demais e resolvemos mudar o foco. Pensando bem, não levamos jeito para brincar de detetives.

— É! Além do mais, essas histórias me assustam. Prefiro aprender a cultivar cebolinhas em casa. É menos perigoso — finalizou Pati.

— E o ataque ao Seu José? — perguntou Rita, decepcionada com a inesperada mudança.

— Essa história não está bem contada — resumiu Giba. — O Zecão não faria mal a uma mosca.

— Mas os seguranças do Galileu disseram que o Zecão tinha virado uma fera! Se eles não chegassem correndo…

— Esse pessoal da segurança aumentou um pouquinho a história, Rita. O Zecão deve ter erguido as patas para brincar com Seu José, e o pobre homem, assustado, acabou caindo no chão. Quem sabe se não foi assim que se machucou?

— Isso mesmo — prosseguiu Pati. — Cães desdentados não atacam à toa.

— Sem contar que um cachorro comum não salta um muro tão alto como o do Galileu — observou Ulisses. — Só se fosse um canguru!

Diante de uma Rita atônita, os amigos encerraram a reunião, e foram cada um para um lado.

Pati rumou para o metrô. Queria ir até uma livraria na avenida Paulista para comprar um novo livro policial, seu gênero predileto.

— Até mais, gente!

Ulisses subiu na bike e tomou a direção de sua casa, na Vila Madalena. Pedalar era sua maior distração e o ajudava a colocar os pensamentos em ordem.

Nada disso, porém, enganou Rita. Ela sentia o cheiro de trapaça.

— Não se incomode, Otto! Se esses três pensam que vão nos passar para trás, estão redondamente enganados. Nós mostraremos a eles que não somos bobos!

***

Antes de se despedirem, Giba havia pedido aos amigos que, dali em diante, tratassem do assunto sobre os cães com a mais absoluta discrição.

— Não pensem que é paranoia, mas acho que a partir de agora devemos evitar mensagens de celular. O mesmo vale para e-mail e outras formas de comunicação que possam ser interceptadas.

O menino sentia que a questão era séria, por isso todo cuidado era pouco. Além do mais, ainda era possível conversar à moda antiga.

Não existem mais médicos como antigamente

No dia seguinte, os três amigos estavam no refeitório do Instituto de Educação Galileu Galilei. Giba relia as notícias sobre os vários ataques cometidos pelos cães, todos na zona oeste de São Paulo.

— Alguma coisa grave está acontecendo na nossa região. Pati mergulhou as mãos espalmadas nos cabelos.

— É assustador. O comportamento desses cães não é natural. Agora entendo seu temor. O que houve com o zelador não parece ter sido um simples acidente.

— Por isso temos de dar início às investigações imediatamente. Precisamos descobrir o que está ocorrendo.

Ulisses sentiu um frio na barriga. Ele também acreditava que os ataques não eram fruto do acaso. Indagou:

— E o que mais tem aí, Giba?

O amigo pigarreou e retirou algumas folhas impressas da mochila.

— Fiz uma pesquisa na internet sobre a origem do cão. — Começou a ler: — Ele é provavelmente o mais antigo animal domesticado pelos humanos. Surgiu do lobo-cinzento no continente asiático há mais de cem mil anos. Ao longo dos séculos, os espécimes foram submetidos a uma seleção artificial para adquirirem certos padrões de comportamento.

Depois de uma ligeira pausa, Giba prosseguiu:

— Graças a essa seleção, temos uma diversidade de raças, que variam em pelagem e tamanho. O cão é um animal social, que aceita o dono como o "chefe da matilha".

— Então é assim que meu labrador me vê?

— Provavelmente, Ulisses.

— Continue, cara! Quero saber mais sobre esse assunto.

— Não há registro de amizade tão forte e duradoura entre espécies tão distintas. O cachorro possui excelente olfato e audição. É bom caçador e um corredor vigoroso, relativamente dócil e leal, inteligente e com boa capacidade de aprendizagem. Desse modo, pode ser adestrado para executar tarefas variadas.

— Meu schnauzer é um excelente cão de guarda. Nem mosquito entra lá em casa sem que ele comece a latir! — lembrou Pati.

Giba prosseguiu:

— Não é à toa que o cachorro é chamado de melhor amigo do homem. Como nós, humanos, o cão pode ser vítima de resfriado, depressão e mal de Alzheimer. Ao envelhecer, também pode ter problemas de visão e audição, artrite e alterações de humor. — Giba encerrou a leitura.

— Sim! — admitiu Pati. — Mas alternâncias de humor não os fazem atacar pessoas com as quais convivem.

— Então, por onde começamos, chefe? — questionou Ulisses.

Depois de rir por causa do novo apelido, Giba contou o que tinha em mente:

— Sugiro que comecemos a investigação pelo Zecão e pelo zelador da escola. Vamos ver o que descobrimos sobre esse vira-lata que, de uma hora para outra, desenvolveu a fúria de um verdadeiro cérbero!

— Cérbero?! Que raios é isso? — espantou-se Pati.

— Cérbero é o nome do cão que guardava o mundo inferior e dos mortos na mitologia grega. Ele era um monstruoso cão de múltiplas cabeças que deixava as almas entrarem nas profundezas para não mais saírem, despedaçando os mortais que por lá se aventurassem. Mas vamos adiante!

Giba começou a distribuir as tarefas.

— Ulisses, vá até o hospital onde Seu José está internado. Tente descobrir o que aconteceu.

— Deixe comigo! Não vou decepcioná-lo, chefe!

— Pati, vou precisar de você para entrar no cômodo que tem servido de moradia para o Seu José, no fundo da escola.

— Quando quiser! — disse a menina, sem titubear.

— Então vamos tomar um pouco de ar — convidou Giba. — Está muito quente aqui. Lá fora digo o que você deverá fazer.

Giba e Pati saíram do refeitório e sentaram-se em um banco próximo à quadra de esportes, sob a sombra de uma mangueira. Enquanto a menina ouvia com atenção os detalhes de sua tarefa, Ulisses já estava a caminho de uma loja de fantasias.

***

O jovem com o estetoscópio no pescoço passou pela porta automática do Hospital das Clínicas, que se abriu à sua passagem. Uma rápida troca de palavras com a moça da recepção lhe propiciou a informação de que precisava. Entrou no elevador e apertou o botão do terceiro andar. Assim que a porta se abriu, foi ao quarto 33.

— Enfermeira? — chamou ele, ao entrar.

A mulher virou-se para o recém-chegado. Outro médico novato! Esse era tão jovem que parecia não ter mais de dezessete anos de idade. Nem o bigodinho sobre os lábios o salvava! Se continuasse assim, logo mais ela teria de trocar as fraldas dos próximos residentes.

— Pois não... doutor.

— O que há de errado com este paciente?

— Pelo que sei, ele foi atacado por um cachorro maluco no pátio de um colégio da região, a dez quarteirões daqui.

— Maluco, enfermeira? A senhora está se referindo à raiva...? Hidrofobia?

— Não, doutor. Na verdade, estou me referindo a um desses cães violentos, provavelmente um pit bull, ou rottweiler.

— É possível conversar com a vítima?

— Os ferimentos não são graves, mas ele está em choque. Levará um bom tempo até que possa explicar os fatos com clareza.

— Que pena!

A enfermeira concluiu a troca da bolsa de soro fisiológico com medicação, prendendo-a à armação de metal ao lado do leito. Então se voltou para dar continuidade à conversa.

— Doutor?

O tal doutor havia desaparecido do quarto. Ah, esses médicos jovens! Sempre apressados. Sempre correndo de um lado para o outro. Os médicos de antigamente, sim, sabiam exercer a profissão, honrando o juramento de Hipócrates.

Mas não se fazem mais médicos como antigamente, pensou a enfermeira Laura.

**

De volta ao corredor, o rapazinho de avental branco, com o bigodinho que parecia ter sido feito pela ponta de um lápis, cruzou com um tipo que vestia um paletó marrom dois números acima do manequim. Eles trocaram olhares rápidos e inexpressivos, e cada um seguiu seu caminho. Não sabiam que a partir daí seus destinos estariam entrelaçados.

Coelho entra em cena

Ao passar pelo rapazinho com o estetoscópio no pescoço, o homem de paletó marrom sentiu certo incômodo, uma sensação igual à que o acometia quando se via diante de uma coisa fora do devido lugar.

Tão jovem e já um médico?! Sem nem um fio de barba na cara? O bigodinho era um risquinho sobre os lábios. Talvez fosse ele, Coelho, que estivesse ficando velho demais. Seria hora de dar espaço para a nova geração? Avançou até o quarto 33.

— É aqui que se encontra José Linhares?

A enfermeira Laura, que estava deixando o quarto, acenou afirmativamente:

— Sim, mas o horário de visitas já acabou.

O homem puxou a lapela do paletó para exibir o distintivo dourado no forro:

— Meu nome é Coelho, sou investigador da polícia. Vim conversar com o paciente.

— Lamento, policial. No momento, o senhor José Linhares não está em condições de falar com ninguém.

— A senhora sabe quando poderei ouvi-lo?

A enfermeira franziu o cenho, tentando esconder o mau humor diante da insistência.

— Não tenho bola de cristal. Mas o senhor acabou de passar por um médico que deixou este quarto. Talvez ele possa dar as informações que deseja.

— A senhora está se referindo ao jovem pelo qual acabei de passar no corredor? Com um bigode... Bigode?!

O detetive sentiu um calafrio na espinha. Como não percebera antes? Um rapaz com um bigode tão bem acabado, mas sem um único fio de barba no rosto.

— Enfermeira, não deixe o paciente sozinho. Vou atrás desse sujeito! Se ele é médico, eu sou a rainha da Inglaterra.

O detetive saiu em disparada, na esperança de apanhar o rapaz. Mas ele não estava mais no corredor. Seguiu até a porta de saída do hospital. Nas escadarias que levavam à rua, viu um mundaréu de gente envergando aventais brancos. Era o horário do almoço! Médicos, enfermeiros e outros profissionais da saúde deixavam o hospital em busca de restaurantes. Seria mais fácil achar uma agulha no palheiro do que o moço com o estetoscópio!

Coelho retornou e procurou o Departamento de Pessoal. Ninguém se lembrava de um funcionário com bigodinho e cara de menino. Então ligou para o distrito e mandou que um policial viesse para montar guarda diante do quarto 33. Ele acreditava que o personagem de bigodinho poderia retornar ao quarto do Seu José para concluir o serviço do Zecão e silenciar o zelador. Aquilo que no meio policial se convencionou chamar de "queima de arquivo". Coelho também solicitou que lhe enviassem um artista forense. Queria fazer um retrato falado do falso médico com o auxílio da enfermeira Laura.

***

Ulisses deixou as escadarias do hospital, envolvido por um punhado de aventais brancos. Bem a tempo! O tipo com quem cruzara no corredor tinha cara de detetive. Um detetive que, pelo jeito, não ligava muito para a aparência, como revelava a gravata salpicada de molho de tomate. E algo lhe dizia que ele estava a caminho do quarto onde repousava o zelador.

***

Zecão, o vira-lata, foi encontrado em Pirituba, sobre os trilhos dos trens da CPTM, com a língua para fora e os olhos esbugalhados. Em seus caninos foram encontrados fiapos da camisa xadrez que seu José usava na ocasião do ataque.

Coelho ordenou que o animal fosse colocado em um saco plástico e o levou pessoalmente à clínica veterinária de um amigo. Era a primeira vez que o doutor Ramon recebia o corpo de um cachorro atropelado por uma locomotiva da CPTM.

— Doutor, preciso que o senhor descubra o que há no organismo desse animal. Suspeito que possa estar infectado por alguma coisa que o transformou em um potencial matador de gente.

O doutor Ramon fez um ar de desculpas quando respondeu:

— Já encerrei meus atendimentos por hoje, mas amanhã pela manhã eu faço a análise. Vou colocá-lo na geladeira!

— Doutor, não tenho até amanhã. Preciso de uma resposta rápida! Vou me deitar naquela poltrona e tirar um cochilo enquanto o senhor faz os exames necessários. E não se preocupe comigo, pois não costumo roncar.

O CASO DOS CÃES IRADOS   25

O veterinário deu um profundo suspiro. Já conhecia Coelho de outros carnavais. Um sujeito teimoso como uma mula, mas (tinha de admitir!) com um raro faro de perdigueiro. Era melhor fazer o que ele queria, ou então não teria paz. Levantou o bisturi no sentido longitudinal e seccionou a região abdominal do Zecão, estendido sobre a bancada de metal.

***

— Acorde, Coelho.

O outro se levantou da poltrona, sentindo um gosto de cabo de guarda-chuva na boca:

— Sim... Doutor?

— Creio que achei algo interessante no bucho do seu amigo quadrúpede.

O doutor Ramon exibia uma minúscula bolota, cor de chocolate, presa a uma pinça.

— Parece resto de uma ração para cachorros, não concorda?

— Pensei o mesmo, detetive. Mas me descuidei por um momento, e o Roque, meu ratinho de estimação, que vive solto no consultório, acabou mordicando um pedacinho. Veja o resultado!

No interior de um gaiola, o ratinho branco fungava, com uma expressão assassina. O focinho estava crispado, e suas patas grudavam na tela de metal como se fossem arrancá-la.

— O cachorro que acabei de dissecar estava sob efeito de uma substância que foi misturada aos ingredientes desta ração.

— O que isso significa?

— Esse pequeno roedor pularia em nossas gargantas se abríssemos a gaiola. A substância na bolota tem o poder de transformar o animalzinho em um Tiranossauro Rex.

— Barbaridade! O senhor já a examinou?

— Bem que tentei, mas nunca vi nada parecido. Ela é extremamente volátil e desaparece assim que tento isolá-la. Espero que esteja satisfeito com essa informação. Quanto a mim, preciso ir para casa. Uma noite de sono me fará bem! Vou aplicar um tranquilizante no Roque Fort e torcer para que amanhã ele esteja recuperado dos efeitos desta coisa.

A chave

Giba planejava entrar no quartinho do zelador. Quem sabe encontraria algo que lançasse luz sobre o episódio envolvendo o Zecão.

Ele procuraria Dona Adelaide, a diretora do Galileu, por volta das nove horas.

Na mesma hora, Pati ligaria para ela. A diretora, como de hábito, deixaria sua cadeira giratória para atender ao telefonema na saleta ao lado. Ele aproveitaria a oportunidade para apanhar a chave que lhe interessava. Era sabido que Dona Adelaide guardava todas as chaves da escola na gaveta superior de sua mesa, para atender a qualquer emergência.

***

A diretora Adelaide Sobral era uma mulher de sólida formação liberal. Sua sala estava sempre aberta para os alunos do Galileu que vinham à procura de conselhos ou de um simples bate-papo. Mas sua surpresa com a visita de Giba foi grande, pois era incomum que o menino aparecesse por lá em período de provas.

— Você por aqui? Alguma razão especial? Certamente não é pelas provas, pois sei que suas notas estão entre as mais altas da escola.

O adolescente esboçou um sorriso, com ares de modéstia.

— Só apareci para tirar uma dúvida sobre a programação de futsal. É verdade que o Colégio São José está querendo revanche?

Dona Adelaide sorriu. Ela tinha muito orgulho da performance do Galileu nos esportes. O futsal era a cereja do bolo. O time da escola havia arrasado no campeonato do ano anterior.

— Sim! — respondeu ela, piscando um olho. — O São José está implorando por outra partida. Antes, porém, quero nosso craque recuperado. Como está o joelho?

O joelho do menino estava machucado havia mais de um mês, desde o jogo com o São José.

— A dor está diminuindo, às vezes parece que desapareceu! Mas, para ser honesto, ainda dói.

— Não vamos ter pressa. Só marcaremos um novo confronto quando você estiver cem por cento. Não antes disso!

— Se for necessário, posso entrar no segundo tempo...

— Não, senhor! Nada de sacrifício...

Nesse momento, o telefone tocou na saleta do lado. *Triiimmmm! Triiimmmm!* Adelaide levantou-se, pedindo licença para atender a ligação.

— Um minutinho, Giba. Não vá embora!

Quando Dona Adelaide sumiu de sua vista, ele deu a volta na mesa e abriu a gaveta de cima. Em segundos, tirava de lá uma pequena chave identificada pela etiqueta onde lia-se "zelador".

Bem a tempo!

— Desculpe, Giba. Quando atendi, alguém pediu que eu aguardasse na linha porque o Secretário da Educação queria falar comigo. Mas só ouvi ruídos, como se a pessoa do outro lado estivesse mastigando algo crocante. Muito esquisito! Acabei desligando sem falar com ninguém. Enfim, você dizia...?

***

Pati desligou o telefone depois de ouvir a diretora do Galileu Galilei dizer alô repetidas vezes. Missão cumprida!

Agora colheria depoimentos na vizinhança a respeito do Zecão. Começaria pelo dono do açougue, lugar preferido do cachorro. Engoliu a última colherada da granola.

***

Giba não se sentia nada feliz por entrar na casinha do Seu José sem a autorização dele. Porém, dadas as circunstâncias, não via outro modo de prosseguir com seu trabalho.

Enquanto andava para o fundo do colégio, onde ficava o quartinho do zelador, o garoto divagava. Tinha o pressentimento de que, assim que encontrasse um elo entre os vários ataques de cães na zona oeste de São Paulo, estaria próximo de pôr um ponto-final no mistério. Até lá, entretanto...

Giba fechou a porta às suas costas. Depois que seus olhos se acostumaram à penumbra, percebeu que o lugar estava uma bagunça. Havia toda sorte de bugigangas nas prateleiras grudadas nas paredes. E, por onde passava, tropeçava em coisas largadas no chão. Seu José não era nada cuidadoso com seus objetos pessoais.

O garoto não dispunha de tempo para examinar aquela desordem. A qualquer momento a diretora poderia sentir falta da chave. Resolveu simplificar a tarefa. Apanhou alguns saquinhos plásticos, desses de supermercado, e começou a jogar tudo o que via dentro deles. Depois os guardou na mochila. Pronto! Examinaria o material em casa, sem afobação.

Deixou a quartinho do zelador com cautela. Antes de pôr os pés para fora, olhou de um lado e de outro. Não queria ser visto por nenhum funcionário da escola. Mas não havia ninguém por ali. Estavam todos na frente da escola, ocupados com os preparativos para a abertura da IV Exposição de Criadores de Cães de Raça do Instituto de Educação Galileu Galilei. Assim, seu regresso à diretoria foi tranquilo. O próximo passo seria devolver a chave a seu lugar de origem sem que Dona Adelaide desse pela falta.

— Oi, Giba, você de novo?

— Pois é, Dona Adelaide. Esqueci de dizer que o médico me liberou para treinos leves. Gostaria de fazer um programa de recuperação com o professor de educação física. Se a senhora autorizar, claro!

— Mas é lógico! Vou ligar agora mesmo para o professor Edmundo. Tenho certeza de que ele ficará feliz em cooperar com seu tratamento.

Adelaide saiu da sala para dar o telefonema. O menino se preparava para devolver a chave do zelador à gaveta quando uma voz atrás dele o fez estremecer a ponto de deixá-la cair no carpete.

— Posso ajudá-lo, garoto?

O CASO DOS CÃES IRADOS   31

O adolescente estava diante de um homem com um sorriso astuto nos lábios, dentro de um terno um tanto folgado para o tamanho dele. Uma gravata salpicada de pontos vermelhos e irregulares contrastava com a camisa de um verde-limão escandaloso.

A polícia chega à escola

Giba levantou os olhos para o sujeito de terno amarrotado, assumindo um tom de desculpa.

— Acabei de encontrar esta chave no carpete e pretendia deixá-la na mesa da diretora.

O homem estendeu a mão em um gesto que não admitia recusa.

— Deixe-me vê-la.

Intimidado pelo tom autoritário, o menino passou-lhe a chave.

Nesse instante, a diretora Adelaide reapareceu na porta da sala com seu sorriso largo. Só então percebeu a presença do homem de terno marrom.

— Pois não?

— Sou o detetive Coelho, da Delegacia de Polícia de Crimes Insolúveis contra Pessoas. Estou aqui para fazer um relatório sobre o ocorrido com o zelador de sua escola.

— O senhor está se referindo ao ataque do vira-lata Zecão, não é? Fique à vontade. Estava encerrando uma conversa com esse mocinho que o senhor acabou de conhecer. Um de nossos mais promissores estudantes.

— Por certo! Este simpático rapaz acabou de encontrar uma chave caída no carpete. Não é?

— É verdade — respondeu Giba. — Enquanto a senhora telefonava para o professor Edmundo.

A diretora recebeu a chave entregue pelo detetive.

— Que coincidência! É a chave do quartinho do Seu José. Não sei como foi parar no chão, mas é bom saber que a tenho de novo.

— Sorte a minha — disse Coelho —, pois estou aqui justamente para examinar o local onde Seu José Linhares mora. Se a senhora não se opuser, claro!

— Não vejo nenhum problema. Mas, que mal lhe pergunte, por que um incidente ligado a um cão sem eira nem beira interessaria à polícia? Animais não cometem crimes, não é verdade? E esse sequer tinha dono...

O homem soltou uma sonora gargalhada.

— É verdade, Dona Adelaide. Os animais são criaturas irracionais. Ainda assim, alguém pode transformar um deles em uma arma para propósitos ilegais. Por essa razão estou aqui. Para afastar a possibilidade de que um inocente cachorro tenha sido usado numa tentativa de homicídio.

— Então o senhor quer olhar o quarto do Seu José?

— Se a senhora permitir...

— Giba, você pode acompanhar o detetive? Ainda tenho uns telefonemas urgentes para dar. A exposição de criadores de cães se aproxima e há muito ainda a ser resolvido.

Giba não ficou feliz com a missão. Aquele policial o incomodava. Queria se afastar dele o mais depressa possível.

— Bem, Dona Adelaide, eu estava pensando em voltar para casa. Minha irmãzinha Rita está sozinha e...

Coelho lhe cortou no meio da frase:

— Não se preocupe, garoto. Prometo que serei rápido. Simples rotina! Não vamos perder muito tempo.

Sem mais desculpas para dar, Giba ergueu-se do sofá para acompanhar o detetive. Os dois estavam deixando o recinto quando foram barrados pela diretora, que ria:

— Ei! Estão esquecendo de levar a chave! Não vão conseguir entrar sem ela.

***

Giba estava de volta ao lar do zelador. Em sua companhia, o detetive Coelho vistoriou cada centímetro do cômodo.

— Não imaginava que alguém que vivesse sozinho seria tão ordeiro. Isso aqui está tão liso quanto bumbum de bebê. Não se vê nada no chão nem nas prateleiras. Nem um extrato bancário, um guardanapo ou uma nota fiscal de supermercado. Nem mesmo um grãozinho de pipoca embaixo das almofadas! Se eu fosse organizado como esse Seu José, ainda estaria casado com minha ex-mulher! Até parece que um vendaval passou por este quarto com a preocupação de não deixar um fio de cabelo para a polícia examinar.

Coelho fitou o menino:

— Talvez fosse o caso de verificar essa sua mochila. Quem sabe eu encontraria mais do que livros e cadernos. Afinal, você estava com a chave deste quartinho em seu poder.

O chão sumiu sob os pés de Giba.

— Para isso o senhor precisaria de um mandado judicial, não é?

O detetive soltou nova gargalhada.

— Você anda assistindo a filmes policiais demais. Estou brincando, só isso! O zelador foi mordido por um cão maluco, certo? Em princípio, não vejo indícios de um crime. Portanto, não tenho razões para acreditar que alguém fez uma limpeza aqui com a intenção de subtrair pistas da Justiça, o que seria um delito grave, sabe?

Giba engoliu em seco.

Era evidente que o detetive desconfiava de alguma coisa e começava a fazer um jogo de gato e rato. E não precisava ser um gênio para adivinhar quem estava no papel de rato.

O detetive e o menino deixaram o cômodo calados. Só tornaram a abrir a boca diante de Dona Adelaide.

— Então, detetive, encontrou algo interessante?

— Nada, Dona Adelaide. Nem mesmo a cabeça de um alfinete! Não é mesmo, Giba?

Giba concordou, fingindo não entender a provocação.

— Vou retornar ao distrito e fazer meu relatório. Mas vou deixar meu cartão. Caso a senhora se lembre de algo importante, não hesite em me ligar. A qualquer hora! Esse é meu trabalho!

A diretora do Galileu guardou o cartão em sua bolsa. Depois, apertou a mão que o policial lhe estendia.

— Não vou esquecer, senhor Coelho! Aproveito para convidá-lo a nos honrar com sua presença na abertura da IV Exposição de Cães de Raça do Instituto de Educação Galileu Galilei.

— Grato pelo convite. Se o trabalho permitir, apareço! Não entendo nada de cães, e essa pode ser a oportunidade de conhecer melhor esses bichos.

Despediram-se. Quando o policial sumiu no pátio, sua gravata serpenteava ao vento, como uma pipa desengonçada.

O acessório denunciava que ele abusara do ketchup em suas últimas aventuras gastronômicas.

Era hora de Giba ir também. Agora ele tinha razões para acreditar que o zelador não fora vítima de um acidente qualquer. Se assim fosse, um detetive de polícia não estaria tão interessado no caso. Isso significava também que os demais casos de ataque de cachorros na zona oeste poderiam não ser apenas coincidências.

A verdade, porém, era que estava exausto. Queria ir para casa e dormir um pouco. Mais tarde examinaria as bugigangas que recolhera do quartinho do Seu José. Sua esperança era encontrar algo que pudesse dar um sentido a esses episódios.

— Giba! Ia me esquecendo! O professor Edmundo está ansioso para iniciar seu treinamento — berrou Adelaide, enquanto o menino dobrava o corredor.

Memória fotográfica

A papagaiada sobre hortaliças e pulgões não tinha convencido Rita nem um pouco.

Era óbvio que Giba, Ulisses e Pati não queriam dividir os segredos. Tudo bem, mas ela não seria feita de tola! Sua tática seria esperar para agir na hora certa, sem chamar a atenção. Eles que pensassem que ela podia ser enganada com facilidade. Assim, suas chances de descobrir o que estava rolando aumentavam. E a oportunidade talvez estivesse surgindo. Ouviu ruídos na porta da entrada. Correu para o seu quarto e apagou a luz.

***

Giba atravessou a sala de sua casa deixando cair sua mochila no chão. Tinha pressa em ligar para Ulisses.

— E aí, cara? Tranquilo?

— Tranquilo, velho. E você?

— Tive que enrolar um detetive de polícia. Ele apareceu

no Galileu para fazer um relatório sobre o ataque do Zecão ao zelador.

— Um tipo com uma gravata manchada de molho?

— Ele mesmo! Conhece?

— Eu o vi no corredor do Hospital das Clínicas. Desconfiei que fosse policial. Por que será que está dando tanta importância para um incidente tão besta? Ele me pareceu mais um desses policiais corruptos de que a gente ouve falar...

— Não vamos tirar conclusões precipitadas! Os policiais, na grande maioria, são honestos e arriscam suas vidas pela segurança da população.

— Verdade!

Giba prosseguiu com a voz firme:

— Precisamos marcar uma reunião.

— Que tal na casa da Pati?

— Tomo uma ducha e vou para lá. Preparem uns sandubas. Estou morrendo de fome! Sem salame, por favor!

***

Rita não tivera novas oportunidades de ouvir conversas do trio de amigos. Seu irmão olhava até embaixo do sofá antes de dar um simples telefonema. Por isso não conseguiu ouvir o que ele dizia a Ulisses ao celular. Seria obrigada a mudar seu método de ação.

A menina espiou Giba e o viu entrar no banheiro, cantarolando. Assim que ele ligou a ducha, Rita correu até a mochila do irmão, que estava mais recheada do que de costume. Resolveu abri-la. Viu-se com um monte de coisas sem importância: lista de compras, notas fiscais de supermercado, tocos de lápis, rolo de barbante... Não era possível saber a quem pertencia aquele amontoado de papéis e cacarecos. A dúvida se desfez quando encontrou um bilhete da diretora Adelaide com uma recomendação a seu José Linhares para que cortasse a grama do jardim da escola.

Evidente! Giba tinha tirado tudo aquilo do quartinho do zelador! Examinou o restante com um cuidado especial até encontrar uma embalagem de ração para cães. Ora! Seu José nunca demonstrara afeição por cachorro nenhum. Por que razão ele estaria com esse pacote?

Ela se arrumou, prendeu o cabelo com uns grampos e deixou o apartamento levando apenas uma sacola de pano.

***

Minutos depois, Giba saía do banheiro com uma toalha na cintura. Recostou a cabeça no braço do sofá e caiu em um sono profundo.

Só foi acordar com a vibração do celular próximo ao ouvido.

— Você não vem?

— Ulisses?! Desculpe, acabei dormindo. Me dê meia hora e estarei aí.

***

— Um refrigerante para acompanhar o sanduba?

— Aceito uma água, Pati.

Pati foi a primeira a falar. A rotina do Zecão era puro tédio. Ele passava o dia tomando um solzinho, espreguiçando-se ou dormindo defronte ao açougue com o focinho entre as patas. Era meigo, um doce! O ataque ao seu José tinha sido uma surpresa para quem o conhecia.

Ulisses foi sucinto:

— Eu me disfarcei de médico e fui ao quarto do Seu José, no Hospital das Clínicas. Não houve jeito de interrogá-lo! Embora não esteja gravemente ferido, a enfermeira disse que seus nervos estão abalados. Sua recuperação levará um bom tempo.

— Minha vez! — anunciou Giba. — Depois que Pati ligou para Dona Adelaide, tirei a chave do zelador que estava na gaveta dela. E tudo que encontrei no quartinho do Seu José enfiei na minha mochila, para não perder tempo.

Giba abriu a mochila, espalhando o conteúdo sobre a mesa, e continuou:

— Vejam! Papéis de bala, pontas de barbante, um tubo de creme dental amassado, uma receita de bolo de laranja, notas fiscais de supermercado, lista de compras, palito de sorvete, comprovante de aposta na loteria... Mas...

Um sinal disparou no cérebro do menino. Ele se alarmou:

— Pessoal, alguma coisa está faltando!

— Tem certeza, Giba?

— Sim, Pati! Uma coisa dourada!

— Procure manter a concentração — pediu-lhe Ulisses. — Vou tentar trazer de volta suas lembranças.

— Está dizendo que pretende me hipnotizar?

Ulisses riu:

— A hipnose não faz parte do meu arsenal de truques. Só estou querendo que você recorra à sua memória fotográfica. Já fizemos exercícios assim, lembra-se?

Era verdade. A brincadeira consistia em espalhar figuras sobre uma mesa. Enquanto um deles tampava os olhos, o outro retirava algumas peças do conjunto. Quem estava de olhos tampados os abria e procurava se lembrar das figuras que já não mais estavam na mesa. Giba saía-se muito bem nessa disputa.

— A imagem dourada está em seu inconsciente — garantiu Ulisses. — Você só precisa se concentrar para trazê-la de volta.

Giba fechou os olhos, enquanto o amigo continuava:

— Tente visualizar o quartinho do seu José. Agora, procure lembrar-se do momento em que entrou lá. Uma bagunça, não é? Estava com pressa e resolveu colocar o que podia na mochila. E alguma coisa do que trouxe sumiu! Uma coisa dourada!

— Estou começando a me lembrar. Alguma coisa cintilante, dourada... Sim! Acho que sei o que é! Uma embalagem com letras metalizadas...

— Consegue se lembrar que letras são essas?

— Não estou certo, mas parece que é algo sobre cães... alimento... e uma palavra como "caro", "aro" ou "faro". — Giba estava se esforçando demais, e gotas de suor escorriam de sua fronte. De repente, ele abriu os olhos como se tivesse levado um golpe na barriga. — Eureca! Lembrei!

Entre as coisas que tirara da casa do zelador, havia uma embalagem de ração para cães. A embalagem fora colocada na mochila com o restante do material que ele subtraíra do cômodo. Depois, ele tinha ido para casa e largado a mochila no chão para tomar uma ducha. Portanto, o responsável pelo sumiço da embalagem de ração só poderia ser alguém que estivesse em sua casa. Ritinha, é claro! Ela e seu cúmplice de quatro patas!

O olhar do menino revelava sua fúria. "Desta vez você não me escapa, maninha!", pensou.

Mas ainda não entendia o que uma ração para cães estaria fazendo no quartinho do Seu José. O zelador, como todos sabiam, não tinha simpatia por cachorros e vivia enxotando o Zecão das imediações da escola.

A caminho de Sorocaba

Giba deixou a estação Sumaré do metrô e foi para casa soltando fogo pelas ventas. Entrou no quarto da irmã sem bater à porta.

— Rita, acorde! Quero falar com você!

Como a menina não fizesse menção de levantar-se, Giba puxou as cobertas e… encontrou a cama vazia! Rita tinha usado travesseiros para simular o formato de seu corpo. Para onde teria ido?

Ligou para o número de celular dela.

— Atende, Rita! — reclamou, ansioso.

O sinal tocou até cair na caixa postal: "Você ligou para Maria Rita. Após o sinal, deixe seu recado…"

Então ligou para Fô.

— Fô? É o Giba. Você viu a Rita?

— Hoje não. Algum problema?

— Nada, não — disfarçou ele. — Só queria saber se ela sabe onde está um livro de Biologia que preciso ler para a prova. De qualquer forma, obrigado.

— Claro, sem problema.

"Onde será que essa menina se meteu?" A preocupação de Giba era grande. Rita não sumiria sem deixar recado. Ele tornou a ligar para o celular dela, insistentemente. No momento não lhe ocorria nenhuma ideia melhor.

***

Rita aproximou-se do guichê da rodoviária:

— Duas passagens para Sorocaba, por favor.

O atendente sorriu diante daquele tiquinho de gente com uma sacola de pano no ombro:

— Onde pensa que vai sozinha, mocinha?

— Não estou sozinha, moço! Minha mãe está sentada naquele banco. Ali, ó!

— Aquela moça com a revista?

— Claro! Qualquer um percebe isso! Ela é a minha cara! Quer dizer… eu sou a cara dela!

— Porque sua mãe não veio pessoalmente ao guichê?

— Por que ela quer que eu seja independente. Mas ela está me vigiando de rabo de olho. Está vendo?

O atendente, empurrando as lentes grossas dos óculos com a ponta dos dedos, fixou a vista na mulher sentada no banco de madeira. Àquela distância, porém, não conseguia enxergar suas feições. Passou as passagens e o troco para Ritinha.

— Boa viagem! — desejou à menina.

***

O ônibus chegou à plataforma rangendo os pneus. A porta abriu, e os passageiros começaram a subir em busca de seus lugares. Rita grudou na mão esquerda de uma figura feminina que estava a seu lado. A moça, de jeans, alta e magra, encolheu-se, como se tivesse levado um choque elétrico.

— Desculpe — disse Rita. — Pensei que fosse minha mãe. Ela subiu e eu nem percebi. A senhora me ajuda a entrar?

— Claro, querida — respondeu a moça, recomposta do susto.

Rita galgou os degraus do ônibus e entregou uma das passagens ao motorista do veículo. A outra já havia sido jogada fora, transformada em uma bolinha de papel. Correu para sua poltrona. Por uma boa coincidência, sua companheira de viagem seria a mulher elegante que ela escolhera como mãe no saguão. Ela ainda folheava a mesma revista sobre moda.

A menina colocou a sacola no chão, a seus pés, tomando o cuidado de deixá-la aberta. Sorocaba ficava a cem quilômetros de São Paulo. Pouco depois sonhava que estava dentro de um gigantesco moedor de carne, para ser transformada em um hambúrguer temperado por cebolas! Arghhh! Ela detestava cebolas!

**

Desceu em Sorocaba deixando escapar um bocejo. Havia um ponto de ônibus municipal bem à sua frente. Abordou um homem de meia-idade que esperava o coletivo.

— O senhor sabe dizer como faço para ir ao quilômetro quarenta da Estrada das Boiadas?

— Estrada das Boiadas? É só pegar o ônibus para a Vila Sônia. No caminho, pergunte ao motorista. Ele vai explicar direitinho onde você deve descer.

— Obrigada!

O ônibus com o letreiro "Vila Sônia" apontou no horizonte minutos depois. Rita pulou para dentro dele sem demora. "Estrada das Boiadas, aqui vou eu!", Pensou.

***

Desceu no meio do nada. Mas uma placa enfiada no barranco garantia que estava no lugar certo: Estrada das Boiadas — Km 40.

"Hora de pôr os pés na estrada", pensou a menina.

A estradinha de terra a levou até uma construção isolada no mato. Parecia um grande armazém cercado por prédios menores nos fundos. Todo o complexo estava envolvido por uma cerca de arame farpado. Uma pequena placa identificava o lugar: Centro de Pesquisas Avançadas para Produção de Ração Canina Faro Fino.

Não pensou duas vezes e arrastou-se por sob a cerca. Seu corpo magro permitiu-lhe realizar a proeza sem um único arranhão. Quando se ergueu já do outro lado, tinha a ponta do nariz tingida pelo pó amarelo que recobria o chão. Um rápido olhar mostrou que homens armados patrulhavam a área do complexo. Prosseguir sem ser vista não seria uma tarefa tão simples…

***

Escurecia.

Rita ainda estudava uma maneira de se aproximar quando, à sua esquerda, a luz do farol de um caminhão coberto por uma lona projetou-se na estrada. Os guardas se aproximaram para abrir o portão de ferro. Quando o caminhão passou pela cerca, Rita saltou para a carroceria, segurando sua sacola nos braços e desaparecendo sob a lona verde-oliva. Suas aulas de ginástica artística tinham valido a pena!

O caminhão circundou a construção principal e seguiu para onde estavam os prédios. Quando a velocidade diminuiu, a menina saltou e correu para uma pilha de paletes de madeira. Um grupo se aproximava para descarregar caixas da carroceria do veículo. Rita aproveitou a oportunidade e correu para o interior do prédio mais próximo. Lá, subiu os degraus de uma escada lateral e escondeu-se no mezanino. Para quem não queria ser vista, ela estava em uma posição privilegiada. E finalmente podia tirar Otto de dentro da sacola de pano!

— Saia, Otto! Mas sem barulho, tá? Não queremos chamar a atenção. Depois que tudo ficar mais calmo, vamos dar um passeio. Estou curiosa para saber o que está acontecendo neste lugar.

Otto resfolegou. Era bom respirar ar puro outra vez!

Rita se mete em encrenca

Rita permaneceu abraçada ao cachorrinho de estimação até que a noite caísse completamente.

— Chegou a hora, Otto. Vamos dar uma olhada por aí.

A menina desceu do mezanino com cautela. Todo cuidado era pouco para não chamar a atenção dos vigias que faziam ronda do lado de fora.

— Cuidado, garoto. Se tropeçarmos nestes degraus, vamos quebrar o pescoço.

Não era fácil movimentar-se naquele breu. Então se lembrou da lanterna de seu celular. Com o facho de luz para baixo, esgueirou-se pelas bancadas espalhadas pelo ambiente. Visualizou esteiras rolantes e máquinas que deviam ser usadas para triturar algum tipo de matéria-prima. Ao fundo, salas envidraçadas lembravam os laboratórios de ciências de sua escola. Enquanto Rita perscrutava o ambiente, Otto encontrou algumas bolotas no chão. O cãozinho estava faminto e elas pareciam apetitosas.

— Otto? Seu menino travesso! O que tem na boca? Larga isso!

Rita forçou a mandíbula do cachorro e retirou de sua boca bolotas de um tom avermelhado. Mas algumas outras já tinham sido engolidas pelo bichinho.

Estudou a consistência das bolotas, rolando-as nos dedos. Depois levou-as ao nariz.

— Hum... Não parecem perigosas, mas não convém arriscar. Vamos voltar para o nosso esconderijo, Otto. Quando o dia clarear, saberemos o que está sendo produzido aqui. — Guardou as bolotas no bolso do casaco e refez o trajeto até o esconderijo. — Venha, amigão. Hora de uma boa soneca para esquecer a fome!

***

Rita acordou com a agitação de dezenas de funcionários entrando pela porta. O som estridente de uma sirene anunciava um novo turno de trabalho. Logo o piso inferior se transformou em um formigueiro humano. Homens e mulheres tomavam lugares à frente das bancadas, sentando-se em cadeiras de plástico; alguns carregavam grandes fardos para fora. Todos, sem exceção, envergavam casacos azuis em cujas costas se lia SEU CÃO AMARÁ ESTA RAÇÃO.

Um homem corpulento, de queixo quadrado, dava ordens.

— Joguem o material no triturador. Acelerem as esteiras. Precisamos embalar a maior quantidade possível do produto, pois amanhã será o grande dia. Ainda quero realizar um último teste com este novo lote de ração.

Os funcionários sob seu comando seguiam as determinações com rigor militar.

— Vocês aí, comecem a levar as caixas já etiquetadas para os caminhões... Rápido. Não temos o dia todo! E tragam nossas cobaias para um último teste. Ah! Ah! Ah!

Indivíduos em aventais amarelos empurravam jaulas sobre rodas. Meia dúzia de cachorros de raças diversas latia dentro delas. Em seguida, foram servidos aos animais potes com bolotas avermelhadas, iguais àquelas que Otto encontrara no chão da fábrica. Os cães enjaulados se fartaram!

O homem de queixo quadrado tornou a falar:

— Vamos esperar quinze minutos! É o tempo necessário para que os efeitos se façam notar.

Quinze minutos se passaram. Um labrador de pelo curto soltou um uivo lancinante. Foi um sinal de partida para uma reação em cadeia. Um fila arreganhou os dentes e um buldogue cinzento rosnou assustadoramente. Todos os animais começaram a latir, tomados de uma fúria aterrorizante. Passavam a impressão de que, a qualquer momento, arrebentariam as grades da jaula para se atirarem contra as pessoas ao redor. Rita puxou Otto para mais perto, sem atinar com o que acontecia. Que ração era aquela? O que o homem de queixo quadrado pretendia ao transformar cachorros em bestas ensandecidas? Essa experiência estava ligada aos ataques que Giba pesquisara na internet? Ou à agressão cometida por Zecão ao seu José? Eram muitas as perguntas sem respostas.

***

Rita apontou a câmera do seu celular para capturar algumas imagens. Pretendia enviá-las ao irmão. Estava prestes a tirar a primeira foto quando Otto começou a rosnar a seus pés, assumindo uma postura hostil. Amedrontada, tentou afagar a cabeça do cãozinho, que recusou o carinho.

— Otto? O que está havendo?

Com os olhos inflamados, o cãozinho rodeava Rita, agressivo. A menina percebeu que o alvo de Otto era o bolso de seu casaco. Era isso! Ele queria as bolotas que ela tirara de sua boca na noite anterior. Quando ele latiu e saltou sobre ela, Rita não conteve o grito. O som foi ouvido pela gentarada que circulava no andar inferior.

O homem de queixo quadrado apontou o dedo para cima.

— Vejam o que está acontecendo no mezanino! Parece que temos visitas. E o latido que ouvimos não é de nenhum de nossos animais.

Dois capangas dispararam pela escada, vencendo cada degrau. Rita não tinha para onde fugir. Só lhe restava entregar-se sem resistência. "Ah! Se ao menos tivesse deixado um bilhete para Giba antes de sair de casa...", pensou. Agora era tarde! O irmão jamais saberia onde ela estava.

Otto e Rita foram levados até a beirada do mezanino, para que o sujeito de queixo quadrado os visse.

— Tragam o cachorro e a menina para baixo — vociferou ele. — E tirem o celular das mãos dela.

Rita foi arrastada até ele, que a confrontou:

— De onde você veio, fedelha? O que está fazendo aqui?

— Desculpe, moço. Eu estava procurando flores do campo com meu cachorro e acabei me perdendo. Entrei aqui por engano, durante a noite, e acabei pegando no sono.

— Essa história não me convence. Acho que é uma bisbilhoteira que deu o azar de ver e ouvir o que não devia.

A menina fez cara de choro.

— Por favor, senhor... Sou apenas uma criança...

— Não tem "por favor" coisa nenhuma. Devia ter pensado nisso antes de invadir uma propriedade particular.

Ele estava possesso! Ordenou:

— Tranquem nossa hóspede no depósito de material de limpeza e fiquem atentos. Prendam também o cachorro. Ele deve ter engolido algumas bolotas da ração que encontrou por aí, mas devem ter sido poucas, pois o efeito já está passando. Amanhã dou um jeito nos dois. Desliguem as máquinas e limpem tudo. Não quero nem um farelo da ração Faro Fino rolando pelo chão.

Roubaram a minha voz!

Rita foi atirada a um canto como um saco de batatas.

— Fique aí, garota.

O lugar estava na escuridão. Será que tinha baratas por ali? Só a possibilidade de encontrar esses seres asquerosos fazia as pernas de Rita tremerem. Quando seus olhos se acostumaram com a falta de luz, percebeu que estava em uma espécie de depósito. Havia baldes, vassouras e materiais de limpeza. Não tinha muito a fazer além de dormir para recuperar as forças.

Acordou com os raios do sol da manhã atravessando uma pequena claraboia. Assustou-se quando a porta foi aberta de um tranco.

— Olá, já acordou? Está gostando da nossa hospitalidade?

Rita deparou com um brutamontes que sorria de forma grosseira e o enfrentou:

— Quem é você? Onde estou? Quero ser libertada imediatamente!

O homem lhe empurrou um naco de pão amanhecido e um copo de leite frio:

— Bom apetite! — Em seguida, o homem soltou uma risada.
A menina olhou para a comida. Não era um banquete, mas a fome rugia como um tigre em seu estômago.

***

Seu carcereiro retornou acompanhado do homem de queixo quadrado que tinha ordenado sua captura. O mandante tinha nas mãos um aparelho que ela conhecia bem: o celular dela.

— Tem um tal de Giba que não para de ligar para você. É seu irmão?

Rita gaguejou:

— Eu não tenho nenhum irmão. Sou filha única... desde que nasci! Deve ser algum engano.

O homem soltou uma gargalhada perversa.

— Isso vamos descobrir quando trouxermos esse Giba para cá. — Estendeu o telefone para a menina. — Atenda o chamado e peça que ele venha buscá-la.

— Não vou fazer isso. Pode me torturar, mas não vou atrair meu irmão para uma armadilha.

— Ah! Então admite que tem um irmão!

— Sim! Tenho um irmão. Mas não vou pedir que ele venha para cá!

Queixo Quadrado saiu pela porta e, minutos depois, retornou em companhia de uma mulher de cabelos ruivos.

— Esta é a Rosa. Ela vai ajudá-la enquanto você estiver conosco.

A moça aproximou-se com uma expressão afável.

— Olá, meu bem! Não ligue para esse mal-educado. Eu vou trazer roupas limpas e um lanche decente. Gosta de requeijão com goiabada? Biscoitos? Temos picles também!

— Obrigada, Rosa, mas eu só quero sair daqui com meu cãozinho.

— Isso eu não posso permitir, querida. Receio que você não vá deixar este lugar tão cedo!

A mulher trouxe roupas limpas e levou a menina para tomar uma ducha. Quem as visse pensaria que eram companheiras de longa data. Mas Rita não se enganava: sabia que a moça era sua carcereira. A amabilidade era um truque para conseguir informações.

Queixo Quadrado não tardou a reaparecer.

— Rosa, o Giba está ligando de novo. Já está pronta para falar com ele?

— Sim, o tempo que passei com a menina foi o suficiente. Passe para cá o aparelho.

Rosa apanhou o smartphone e atendeu à ligação do irmão de Ritinha:

— Rita!? É você?

A resposta não tardou:

— Sim, Giba (*snif!*), sou eu (*snif!*).

Rita reconheceu imediatamente a voz que respondia a pergunta de seu irmão.

— Ei! Essa voz é minha! Você está roubando minha...

A mão do Queixo Quadrado tapou a boca da menina.

Giba não percebeu a tramoia:

— Onde você está, Ritinha?

Rosa continuou a imitação:

— Fui sequestrada! Os bandidos querem negociar, mas só aceitam falar com você. Venha sozinho e não recorra à polícia ou eles farão picadinho de mim.

— Aguente firme, maninha! Só me conte o que devo fazer para encontrá-la.

Assim que Rosa concluiu a conversa com Giba, Queixo Quadrado retirou a mão da boca de Rita.

— Agora, pode falar à vontade — brincou ele.

— Vocês são desprezíveis! — gritou a menina.

O homem sorriu:

— Rosa é muito talentosa e enganou direitinho seu irmão. Quando ele chegar à rodoviária de Sorocaba, nós vamos apanhá-lo e trazê-lo para lhe fazer companhia. Ha, Ha, Ha!

***

Giba pôs o celular de volta no bolso da jaqueta. A voz estridente de sua irmã pedindo ajuda ressoava em seus ouvidos. Ainda não conseguia entender por que Rita estava em Sorocaba. Contudo, tinha o palpite de que seu sequestro estava ligado à embalagem dourada que a irmã surrupiara de sua mochila.

Ele teria de ir a seu encontro se quisesse salvá-la. Sua missão não seria nada fácil! As pessoas que mantinham sua irmã presa não estavam para brincadeira.

"Espero que nada aconteça com você, minha querida irmãzinha! Eu não me perdoaria jamais!"

***

O balanço do ônibus embalava seus pensamentos. Com a cabeça no encosto da poltrona, o menino tentava entender qual seria a conexão entre o sequestro de Rita e os ataques de cães na zona oeste. Mas sua mente não lhe acenava nenhum caminho que pudesse seguir para entender o enigma.

Uma gatinha na rede social

Coelho não se achava nenhum Sherlock Holmes, mas admitia que tinha uma qualidade rara: a persistência. Quando seguia uma pista, nada o tirava de sua trajetória. E persistência era o que recomendava a seus alunos na Academia de Polícia.

— Uma investigação criminal é como andar em um labirinto. Você vai e volta; vai e volta, vezes e vezes sem fim, dando com a cara na parede, até encontrar a saída. Só assim, sem se desviar do objetivo, é possível desvendar um crime.

— Isso funciona sempre, professor?

— Sempre! Não há crime perfeito. Um crime sem solução é resultado de uma investigação malfeita.

Apesar de sua retórica, o detetive estava abalado em suas convicções. Por mais que tentasse, não encontrava um motivo que justificasse os ataques de cães na zona oeste de São Paulo.

Recapitulou os fatos.

Nas últimas semanas, a região registrara um número significativo de ataques de cães. O último incidente correspondia ao ataque de um vira-lata a um zelador de escola. Logo depois, o cachorro foi achado morto, na via férrea, atropelado por uma locomotiva. Um amigo veterinário suspeitou de uma substância desconhecida nas entranhas do bicho, algo capaz de transformar um ratinho branco em uma besta sedenta de sangue. E mais! Um estudante chamado Giba fora flagrado por ele na sala da diretora com uma chave nas mãos. Não por acaso, a chave era do quartinho do zelador atacado pelo vira--lata. Coincidência?

Os fatos indicavam que não. O menino certamente tinha usado a chave para entrar no quartinho e coletar tudo o que encontrasse. Assim teria dado um fim em qualquer pista que houvesse por lá.

Por fim, havia também o falso médico que abordou a enfermeira Laura, no Hospital das Clínicas, à procura de notícias sobre a saúde do zelador... Um moleque, sem um fio de barba, que ainda devia cursar o ensino fundamental. Seu propósito não teria sido terminar o serviço do Zecão? Não era impossível.

Apesar de parecer estar num beco saída, nem tudo andava mal. O detetive tinha um trunfo para encontrar o "médico" com cara de menino: o retrato falado feito pelo desenhista forense.

Por sorte conhecia quem poderia divulgar o rosto do falso médico fora das vias convencionais utilizadas pela polícia.

Ligou para sua sobrinha Nara.

— Nara? É o tio Coelho! Como está a minha sobrinha preferida? Sim, eu sei que só tenho uma única e adorável sobrinha. Mas, se tivesse outra, você ainda seria a preferida. Tem uns minutos para seu tio? Ok. Estou precisando de um favorzinho. Em troca, você recebe uma caixa de trufas de chocolate. Feito? Então daqui a pouco estarei por aí.

***

Nara ouviu atentamente o relato.

— Acho que posso ajudá-lo, tio! Tive uma ideia.

A menina sentou-se à frente de seu computador e começou a movimentar o mouse. Um tempo depois, chamou o detetive:

— Terminei! Vou lhe mostrar como funciona.

— Sou todo ouvidos, minha querida.

A jovem apontou o cursor para a imagem de um rosto na tela do computador:

— Deixe-me apresentá-lo a Maria Augusta, ou Magu, de Moçambique, que está passando férias no Brasil. Não é uma gatinha? Ela encontrou uma carteira no metrô com a foto de um rapaz. Prestativa, está divulgando esta foto nas redes sociais, na esperança de que alguém reconheça o dono da carteira. Veja isto!

Coelho apertou os olhos diante da imagem:

— Ora, esse não é o meu retrato falado?

— Ele mesmo, devidamente retocado!

— Então essa Maria Augusta é...

— ... mais falsa do que uma nota de três reais. Encontrei uma imagem na internet e fiz umas alterações digitalmente para disfarçar a identidade da pessoa.

— Puxa!

— Agora é esperar que alguém reconheça o rapaz e entre em contato com a nossa Magu.

***

O CASO DOS CÃES IRADOS

Coelho pulou da cama com a ligação telefônica de Nara:

— Deu certo, tio! Venha para cá.

Maria Augusta, o perfil falso que Nara inventara na internet, tinha recebido em seu endereço eletrônico uma mensagem de uma tal de Val:

Oi, Magu. Blz? É a Val. O menino q vc procura é o Ulisses. Ele é amigão do Giba, q joga na seleção de futsal do Galileu Galilei. Mora numa casa amarela perto da estação Vila Madalena...

— Está satisfeito, tio? Essas informações são o suficiente?

Mais do que satisfeito, Coelho estava espantado com a velocidade com que tudo tinha sido resolvido:

— Fantástico! Você nem imagina como essa informação é importante para mim. Vou para o distrito e...

— Tio! Não está esquecendo nada?

— O que seria, docinho?

— Minhas trufas, talvez?

O detetive deu um tapa na testa.

— Desculpe, meu bem! Na correria acabei esquecendo as trufas! Mas não se preocupe, na semana que vem apareço só para cumprir a promessa.

✳✳✳

Coelho estava exultante. Então o "médico" de bigodinho tinha um amigo chamado Giba? Era capaz de apostar um mês de salário como esse Giba era o mesmo Giba que encontrara na diretoria do Galileu Galilei. As coisas começavam a se encaixar. Ele tinha avançado um passo em suas descobertas.

Agora sua única preocupação era mapear os lugares que Giba e Ulisses frequentavam, aonde iam e com quem falavam.

Ligou para o distrito. Queria uma viatura na frente da casa de Ulisses e outra na casa de Giba. Os dois deveriam ser monitorados dia e noite. Para saber o endereço de um e de outro, ligou para a diretora do Galileu.

— Dona Adelaide? Preciso de um pequeno favor...

Um disfarce improvável

O celular de Ulisses apitou. Era uma mensagem da amiga Valquíria:

> *Ulisses, uma tal de Magu, de Moçambique, tá procurando você... Ela encontrou docs seus no metrô... Já disse quem vc é, blz? Aguarde q ela vai falar com vc. Bjs.*
> *PS: é uma gatinha! Já adicionei ela como amiga.*

O garoto estranhou a mensagem. Não perdera carteira nem foto no metrô. A história estava mal contada. Ele entrou na rede em busca de informações sobre a moçambicana Maria Augusta.

"Hum! Como desconfiava!"

Maria Augusta não tinha registros anteriores nas redes sociais. Só podia ser um perfil falso! Por sua vez, a suposta fotografia de Ulisses não passava de um desenho do seu rosto retocado digitalmente.

Lembrou-se do homem com que cruzara no corredor do hospital. Levava todo jeito de ser policial! Se assim fosse, ele estaria procurando um "médico" que entrara no quarto 33 para saber da saúde do José Linhares. Isso explicaria o retrato falado!

A situação se complicava. Era melhor sair de cena até que as coisas esfriassem. Antes, porém, precisava mudar seu visual e ligar para Pati.

***

Os homens da polícia aprumaram-se no assento do carro quando a porta da residência de Ulisses se abriu. Mas quem estava deixando a casa naquele momento era uma mulher um tanto acima do peso.

O agente ao volante suspirou e voltou sua atenção para os bolinhos de carne que comprara na padaria. Deliciosos!

***

Pati abriu a porta de sua casa. Uma mulher gorducha, de seios fartos, apertava a campainha com insistência.

— O que a senhora deseja?

— Sou eu, Pati! Ulisses!

— Você?! Entre... Mas o que está fazendo vestido de mulher? Pirou?

Ulisses arrancou a peruca e se livrou dos sapatos antes de se esparramar na poltrona.

— Você tem um curativo para o meu calcanhar? Ganhei uma bolha com esses saltos altos. Nunca vou entender como as mulheres se equilibram nesses troços.

O CASO DOS CÃES IRADOS **63**

***

Giba saltou do ônibus e olhou ao redor. Segundo as instruções que recebera, deveria ir à barraca de frutas da rodoviária e pedir meia dúzia de mangas-espada. A barraquinha com o toldo amarelo estava bem ali. Aproximou-se do vendedor.

— O senhor tem mangas-espadas?

— Sinto, mas vendemos as últimas agora há pouco.

O garoto ia replicar quando ouviu uma voz atrás de si:

— Algum problema, rapaz?

— Estou querendo comprar mangas-espada. Sabe onde encontrá-las?

— Talvez! É o irmão de Rita?

Giba acenou afirmativamente.

— Onde ela está? — perguntou o menino.

— Você vai vê-la.

Uma perua com vidros esfumaçados parou ao lado deles. Da janela, alguém ordenou:

— Entrem.

Obedecer era a única maneira de descobrir o paradeiro de Rita. Um de seus acompanhantes colocou uma venda em seus olhos. O veículo saiu derrapando em alta velocidade.

***

Giba traçava um mapa mental do caminho. Cada curva, cada lombada, cada ruído eram processados em sua memória. Ouviu mugidos de vaca, o que significava que deviam estar numa zona rural, bem afastados da cidade.

Sentiu que o caminho se estreitava. A velocidade fora reduzida. O ruído de vegetação fustigando as laterais da perua mostrava que apenas um carro por vez conseguia passar por ali. Enfim, o veículo parou. Haviam chegado ao destino.

— Desça. Não temos o dia todo!

Um homem se aproximou dos dois indivíduos que arrastavam Giba pelos braços e questionou:

— Esse é o irmão da menina?

— Sim, chefe. Nós o apanhamos na rodoviária.

— Vocês não foram seguidos?

— Não! Tomamos todas as precauções.

O homem que fazia as perguntas tinha um queixo quadrado que parecia talhado em pedra.

— Muito bem. Retirem a venda dos olhos dele.

Giba lutou para se acostumar com a luz forte do sol. Estava diante de uma construção que se parecia com o galpão de uma fábrica. O vento levantava uma fina camada de pó amarelo do chão.

— Quem é você? — ele exigiu saber. — Onde está minha irmã? Quero vê-la imediatamente!

— Você vai vê-la agora mesmo, garoto.

O sujeito de queixo quadrado fez um gesto para os dois capangas.

— Tranquem esse moleque com a irmã.

Giba foi carregado pelos gângsteres. O corredor se dividia em uma série de salas, todas revestidas por grandes áreas envidraçadas. O lugar parecia ser um imenso laboratório. Mais adiante, atravessaram um salão por onde transitavam homens de casacos azuis.

"Hum! O que será que é feito aqui?" Estava arrependido por não ter procurado a polícia. Agora, porém, era tarde demais. Teria que lidar com isso se quisesse sua irmãzinha de volta, sã e salva.

Os dois homenzarrões pararam diante de uma entrada lateral. Um deles apanhou uma chave e a girou na fechadura.

O CASO DOS CÃES IRADOS **65**

A porta se abriu com um rangido, e Giba foi jogado lá dentro.

— Mais tarde, traremos o rango. E também algumas mangas-espada de sobremesa. Ha! Ha! Ha!

***

— Giba! É você, maninho?

Giba deu com um rostinho assustado.

— Rita?!

— O que esses miseráveis fizeram com você?

— Nada, irmãzinha. Eles me vendaram e me trouxeram para cá. E você?

— Estou bem. Sinto tê-lo envolvido nessa história. Eu não devia ter mexido na sua mochila. Sou a culpada por tudo o que está acontecendo...

Uma lágrima se desenhou no olho da menina.

— Esqueça isso, tá? O que precisamos é dar um jeito de cair fora deste buraco. Existe uma maneira de sair daqui?

— Não... O lugar é vigiado por seguranças e este quarto é trancado a chave.

— Eu não pretendo ficar aqui, Rita. Vou pensar em alguma coisa. Mas me conte mais. Quem são essas pessoas? O que está sendo produzido nestas instalações?

— Ainda não sei direito. Você viu umas pessoas de casaco azul com os dizeres SEU CÃO AMARÁ ESTA RAÇÃO nas costas? Acho que estão produzindo uma espécie de ração que acaba transformando cachorros em feras.

— Caramba! Se for isso mesmo, é outro motivo para darmos o fora o quanto antes. Esses homens que nos capturaram devem estar por trás dos episódios envolvendo os cães na zona oeste... Tudo indica que sim!

Zíon-3

Giba avaliou a situação. "Posso escapar por aquela abertura próxima ao teto", pensou, "e escalar a parede pelo lado de fora. Mas não vou deixar Rita nas mãos desses canalhas."

A irmãzinha dormia como um anjo ao lado de Otto. Ele precisava arrumar outra maneira de escapar. Seus captores haviam deixado a chave na fechadura do lado de fora do quartinho, despreocupados. Era uma oportunidade que não desperdiçaria. Apanhou uma caixa de papelão em um canto e, depois de desmanchá-la, passou-a por baixo da porta. Em seguida, cutucou a chave com um grampo que tirou do cabelo da irmã. A chave enfim soltou-se da fechadura... *Plinc!*

A sorte estava do seu lado! A chave caíra sobre a folha de papelão.

— Venha, Rita! Pegue Otto e vamos embora!

Abriu a porta. A escuridão era total. Com a irmã ao lado, cruzou a área, examinando cada canto, à procura de uma rota de fuga. De repente, sentiu uma mão pesada sobre o ombro. Seu coração disparou.

— Xiiiu! Não se assustem! Estou aqui para ajudá-los.

— Qu... quem é você?

O vulto chegou mais perto.

— Meu nome é Carl. Sou um especialista em nutrição canina. Fui contratado para desenvolver uma nova ração para cachorros nestas instalações. Ela deveria ser mais saudável e mais saborosa do que qualquer outra já conhecida. O desafio era grande, mas conclui a missão com sucesso. O produto era simplesmente irresistível. Um cão conseguia farejá-lo a metros de distância. Por isso, batizei-o de Faro Fino.

— Esse era o nome escrito na embalagem que tirei de sua mochila, Giba! — exclamou Rita.

A sombra prosseguiu:

— A ração Faro Fino conquistou o mercado. Achei que tivesse encerrado meu trabalho e preparava minha partida quando o homem que me contratou veio conversar comigo. Ele me mostrou vários cadernos, carcomidos pelos anos, com registros de um cientista alemão que tentara desenvolver uma substância chamada Zíon-3. Eu deveria continuar com a pesquisa e encontrar um modo de agregar essa substância à ração Faro Fino.

Carl relembrou o diálogo com o homem que o contratara:

"O senhor receberá o dobro do que já ganhou até agora, doutor Carl."

"Obrigado, mas não posso aceitar sua oferta sem saber se o Zíon-3 prejudicará a saúde canina. Teria de fazer vários testes com essa substância antes de adicioná-la à ração Faro Fino."

"Doutor, o Zíon-3, além de não representar risco para a saúde dos cães, vai contribuir para o trato digestivo deles. Nossos acionistas exigem que ela seja incorporada à ração Faro Fino, sem mais tardar. Não temos tempo para novos testes!"

"Lamento! Sou um cientista e tenho princípios éticos. Não posso concordar com uma decisão precipitada sobre algo tão importante."

"Tenho um argumento que vai convencê-lo, doutor Carl." *Ele abriu o paletó e exibiu uma pistola sob a axila.* *"Se não cooperar, vou cuidar pessoalmente de cada membro de sua equipe..."*.

— Então, para não colocar em risco a vida de meus colaboradores, prossegui com as atividades solicitadas. Eu dizia a mim mesmo que o Zíon-3 era uma substância inócua e inofensiva, que serviria de apelo em uma chamada publicitária do tipo "Faro Fino, a ração que contém Zíon-3". Mas, no fundo, sabia que estava enganado.

Após um suspiro, Carl continuou sua explicação:

— Depois de isolar o Zíon-3, comecei a realizar experimentos para incorporá-lo à ração Faro Fino. As dificuldades eram imensas, pois a substância era volátil e de difícil manipulação.

— Uau! — exclamou Ritinha.

O homem sorriu, sem esboçar alegria.

— Finalmente, encontrei a solução. Assim que anunciei minha descoberta, o homem que me mantinha refém ordenou que fossem produzidas várias amostras do composto. Esse homem é o mesmo que aprisionou vocês: Queixo Quadrado!

Giba e a irmã se entreolharam, espantados.

— Ao fim de cada expediente, após o jantar, eu seguia para o dormitório. Certa noite, perdi o sono. Estava olhando estrelas pela janela quando vi luzes no prédio onde nos encontramos agora. Resolvi investigar e deparei com um grupo de pessoas reunidas na área de testes. Algumas delas alimentavam cães presos em jaulas. Dez ou quinze minutos depois, os animais começaram a se atirar contra as grades.

O homem fez uma pausa para recuperar o fôlego.

— Continuei a observar. O meu carcereiro estava com uma misteriosa figura que parecia satisfeita com o resultado. Era um homem que acariciava um gato de pelos brancos e longos, que retribuía os carinhos, enroscando-se em seu pescoço. Nesse momento, cometi uma imprudência. Ao tentar me aproximar, esbarrei numa banqueta e acabei denunciando minha presença. Ao me ver, ele fez um único comentário: "Doutor Carl, que surpresa! Agora sabe do que o Zíon-3 é capaz".

— Então eles estavam servindo o composto que o senhor havia produzido? — perguntou Giba.

— Sim! Eram os primeiros testes com o Zíon-3.

— E o homem misterioso?

— Ele cochichou aos ouvidos de Queixo Quadrado enquanto lhe entregava o bichano. Depois desse dia, nunca mais o vi. Mas o gato continua aqui, à espera do dono, passeando de um lado para o outro.

— Você saberia reconhecer esse cara se o visse novamente?

— Creio que não. Ele usava uma máscara, dessas que são usadas em áreas urbanas para evitar o contágio da gripe.

— Parece coisa da máfia — sussurrou Ritinha.

Carl não se prendeu ao comentário e mudou o rumo da conversa.

— Ouvi os capangas de Queixo Quadrado comentando sobre o que acontecerá amanhã. Logo cedo, esse cãozinho que está com vocês receberá uma porção da ração enriquecida com Zíon-3. Assim que a substância começar a agir, ele os atacará. O Zíon-3 faz com que qualquer cão, mesmo um pequeno e manso como o de vocês, volte ao seu estado de lobo. Será impossível detê-lo!

— Você tem como nos tirar daqui antes?

— Mesmo que isso fosse possível, vocês não iriam longe. A cerca de arame farpado é vigiada vinte e quatro horas por guardas fortemente armados.

— Então o que faremos?

— Vou levá-los de volta e passar a chave na porta para Queixo Quadrado não perceber que você conseguiu abri-la.

— Mas seremos transformados em picadinho pelo Otto amanhã!

Carl balançou a cabeça.

— Não se seguirem minhas instruções.

Ele tirou um saquinho do bolso da calça.

— Faça com que Otto engula estas bolotas verdes. Se tudo der certo, elas deverão conter o efeito do Zíon-3.

— "Se tudo der certo"? Não tem certeza sobre a eficácia dessas bolotas verdes?

— Infelizmente, não… — Carl soltou um suspiro triste.

— Então seremos cobaias?

— Receio que sim! Fiquem também com este tubo de tinta. Quando o cãozinho de vocês começar a alterar o comportamento, façam barulho para passar a impressão de que estão sendo trucidados. Depois esparramem a tinta pelo corpo, pois ela parece sangue… E finjam que estão gravemente feridos. Não se preocupem com Otto! Ele cairá em um sono profundo, pois as bolotas verdes também contêm uma boa dose de sonífero.

Giba assentiu, concordando com o plano. Então fez um sinal para Carl.

— Antes de nos levar de volta, quero que vá ao vestiário dos funcionários da Faro Fino e recolha os casacos que estão nos cabides. Depois, faça o seguinte…

Carl ouviu atentamente as instruções de Giba e, em seguida, desapareceu na escuridão.

A irresistível refeição de Otto

No vestuário, Carl recolheu os casacos dos cabides. Nas costas de todos eles estava escrito SEU CÃO AMARÁ ESTA RAÇÃO em letras brancas. Com uma caneta azul, encontrada por ali mesmo, começou a colorir em cada peça as letras indicadas por Giba: o S e o U, da palavra SEU; o C e o Ã, de CÃO; os três A e o R de AMARÁ; o E, o S e o A de ESTA; e, por fim, os dois A, o Ç e o O de RAÇÃO.

Ele não atinava para a importância do que estava fazendo, mas seguiu à risca a orientação do menino.

***

Giba pensava no Zíon-3. Milhões de pessoas convivem com cachorros. Se esses animais começassem a atacá-las, elas seriam obrigadas a reagir. Em breve não haveria mais um só cão andando por aí.

Rita estava apavorada.

— Eu não teria coragem de me separar do meu Otto! Por nada nesta vida! — reclamou ela.

— Isso não será necessário, maninha! Vamos dar um jeito de escapar e pôr um fim nessa trama maquiavélica.

***

Como dissera Carl, Queixo Quadrado apareceu no quartinho ao amanhecer.

— Bom dia, meus jovens. Dormiram bem?

Giba mirou seu interlocutor com menosprezo.

— Já dormi em lugares piores.

— Aprecio seu senso de humor. Lamento dizer que vocês não terão direito ao café da manhã. Mas Otto está com sorte! Ele receberá uma porção generosa de ração... — Queixo Quadrado bateu palmas e um homenzinho surgiu à porta.

— Este é Henry, nosso garçom. Ele vai servir uma iguaria a Otto: a incomparável ração Faro Fino!

Envergando uma elegante casaca, Henry depositou no chão uma vasilha cheia de bolotas avermelhadas, fazendo uma mesura:

— *Bon appétit, mon ami Otto!*

O cãozinho sentiu o cheiro já familiar e não fez cerimônias, atirando-se ao pote.

Queixo Quadrado divertia-se.

— São mesmo irresistíveis, não acham? Essas bolotinhas que a nossa empresa produz transformam um cão em um lobo selvagem!

— Você está louco! O que pretende com isso? — reagiu Giba.

— Chega de conversa. A Faro Fino está patrocinando uma exposição de criadores de cães de raça em uma escola de São Paulo: o Instituto de Educação Galileu Galilei. E eu tenho um material para levar para lá. Ha! Ha! Ha!

Giba sentiu as pernas tremerem.

— Galileu Galilei?!

— Sim! Conhece essa escola?

— Nã... nã... não! — mentiu o garoto. — Mas que material você tem de levar para lá?

— Diversos pacotinhos da ração Faro Fino. Vamos distribuí-los como brinde aos participantes e visitantes da exposição.

— Mas se os cães...

— Os cães não resistirão ao desejo de comer a ração, assim como Otto.

— Mas se os cães comerem a ração, eles...

— ... atacarão quem estiver ao redor: criança, adulto, idoso, não importa! Ha! Ha! Ha!

— Você é cruel e desumano!

Queixo Quadrado fechou a porta com violência, ainda às gargalhadas.

***

Depois de engolir a última bolota vermelha, Otto virou-se para Giba e Rita. Seus olhos ostentavam um estranho brilho. Cambaleante, o cãozinho apontou o focinho para cima e soltou um longo uivo. Rita sentiu um pavor percorrer seu corpo.

— Otto, o que há? Não está me reconhecendo? — Ela virou-se para o irmão, aflita. — Ele comeu todas as bolotas verdes antes do Queixo Quadrado chegar. Será que elas não funcionaram, Giba?

Otto escancarou os dentes e começou a caminhar em direção à menina.

— Rita, esconda-se atrás de mim! Vou protegê-la! Parece mesmo que a fórmula de Carl não está surtindo efeito.

A cabeça de Otto inclinava-se de um lado para o outro, como se ele procurasse o melhor ângulo para a investida. Quando parecia que o cãozinho ia se atirar contra os irmãos, ele abaixou a cabeça e deitou-se ao lado da vasilha de ração. Segundos depois, dormia a sono solto.

— Otto não representa mais perigo, maninha. Devemos nossas vidas a Carl! Vamos começar nosso teatro. Comece a gritar enquanto quebro umas coisinhas, a começar por esta cadeira.

O rapaz começou a lançar objetos contra as paredes, fazendo um barulho ensurdecedor. Rita não fazia por menos, berrando a plenos pulmões:

— Socorro! Otto está me despedaçando! Socorro! Alguém nos tire deste quarto! Tenham piedade! Ai! Ai! Ai!

Os homens que estavam de vigília estremeceram. Eram durões, mas a imagem de um cão rasgando suas vítimas a dentadas era violenta até mesmo para eles.

"Muito bem!", pensou Giba. Pegou sua camisa com firmeza e começou a rasgá-la. Feito isso, segurou o vidro que Carl lhe dera e derramou tinta vermelha pelo corpo. Depois começou a rasgar a roupa da irmã.

— Vamos deitar, Rita, fingindo que estamos agonizando, como Carl recomendou. E torcer para que o truque dê certo!

***

Coelho puxava os cabelos, inconformado com o relato dos policiais que vigiavam a casa de Ulisses. Não precisava ser um gênio para perceber que a mulher que saíra de lá era o menino disfarçado.

— Vocês foram feitos de bobos, meus caros, como se fossem novatos. Quem os enganou não tem mais de dezesseis anos. Um moleque! A esta altura, deve estar rindo e contando para os amigos como deu um nó na polícia. Vocês não conseguem tomar conta de duas tartarugas sem que uma fuja, não é?

Os investigadores ouviam os xingamentos de cabeça baixa. O mais jovem da dupla lamentava-se por todos os bolinhos de carne que comera durante a operação. Eles agora pesavam como chumbo em seu estômago.

— Saiam imediatamente. E só retornem com Ulisses algemado. Não antes!

Não foi preciso falar outra vez. Os dois saíram às carreiras, atropelando todos que encontravam nas escadas.

— Saiam da frente, por favor!

O mau humor do detetive era famoso, e eles queriam desaparecer o quanto antes.

***

Coelho estava sendo enganado por garotos. Giba fora o primeiro a fazê-lo de tolo! Não tinha dúvida de que o estudante era responsável pela limpeza no quarto do zelador. E agora Ulisses escapava de seus homens, vestido de mulher. Esses moleques pareciam profissionais. Talvez pertencessem a alguma facção do crime organizado. Tudo era possível!

Pensou em se aposentar. Talvez fosse uma boa ideia começar a criar galinhas, plantar alface, tomate, almeirão, rúcula, cebolinha, salsinha…? Talvez! Mas antes teria de encerrar esse caso, o mais intrigante de sua carreira! A horta e as galinhas teriam de esperar.

Ajeitou o nó desbotado da gravata e jogou o paletó marrom sobre os ombros. Ele precisava retomar as investigações.

"Se quer que uma coisa saia bem-feita, faça você mesmo!", pensou.

Quando os mortos se levantam

O cenário era aterrador. Os rostos de Giba e Rita estavam enfiados numa poça vermelha. Eles ainda respiravam, mas tudo indicava que não durariam muito. Os capangas de Queixo Quadrado já se preparavam para limpar a bagunça, torcendo o nariz, quando Carl apareceu aos gritos:

— Não toquem nesse sangue! Ele deve estar infectado pelo Zíon-3, a substância que o cachorro engoliu. Precisamos nos livrar dos corpos com urgência. Esses dois podem se transformar em mortos-vivos se não os enterrarmos em poucas horas. Mortos-vivos, iguaizinhos aos do cinema! Temos de ter cuidado. Caso contrário, seremos contaminados e começaremos a atacar uns aos outros até a nossa destruição total. Afastem-se!

Horrorizados, os homens recuaram. Eles sabiam que Carl era o pesquisador mais importante do laboratório e acreditaram piamente no que ele dizia.

— Ponham luvas e máscaras, e coloquem os moribundos nestes sacos.

Giba, Rita e Otto foram colocados nos sacos pretos trazidos por Carl. Ninguém percebeu as pequenas aberturas na estrutura do plástico. Era possível respirar por elas, ainda que com certa dificuldade.

Ajudado pelos bandidos, Carl levou os corpos até o banco traseiro de um furgão. Dois homens foram chamados para sair no veículo. — É melhor que eu vá junto para o caso de o Zíon-3 começar a agir antes da hora — ofereceu-se Carl. — Vocês vão precisar de mim se isso acontecer.

— Não sei, não, doutor. Temos ordens para não deixá-lo sair da área.

— Vocês que sabem! Minha preocupação é que esses defuntos regressem à vida antes de seguirem para uma cova bem profunda.

Os grandalhões trocaram olhares de pânico. — Está bem, doutor. Sente-se entre nós, no banco da frente. Mas não faça nenhuma gracinha. Se tentar fugir, não hesitaremos em atirar.

— Como posso fugir? Não passo de um estudioso magrelo, que passou a vida com o nariz enfiado em fórmulas...

O portão abriu-se e o furgão deixou o Centro de Pesquisas Avançadas. Os dois homens da Faro Fino não viam a hora de se livrarem da incumbência.

— Na primeira quebrada jogamos fora esses sacos. Esse trabalho me dá calafrios. Além do mais, quero assistir à final da Liga dos Campeões da Europa. Apostei cem reais no Barcelona — resmungou o motorista.

Seu companheiro fez sinal de que estava plenamente de acordo. Mas Carl jogou um balde de água fria sobre eles.

— Nem pensem nisso! Depois de acharmos um lugar apropriado para os corpos, vamos enterrá-los. E ainda jogar umas pedras bem pesadas sobre as covas, por precaução.

Os guardas não ousaram discordar. A possibilidade de reencontrar os mortos andando pela estrada era assustadora demais.

***

O veículo sacolejava pela estrada, com os corpos de Giba, Rita e Otto na parte de trás.

Numa curva, o motorista reduziu a marcha e entrou por uma trilha estreita. O sujeito conhecia bem a região e acabaria encontrando um bom lugar para enterrar os cadáveres. Esse pensamento o animava, até que sentiu uma mão pousar em seu ombro. Girou o tronco e deu de cara com Giba, todo ensanguentado, no banco de trás, emitindo sons desconexos:

— Growww, grouff, grouwrr... Bruncheee! Scronch!

Ao lado, uma menina ruiva exibia um olhar vítreo. Como se não bastasse, havia também um cachorro com um tapa-olho. Ele começava a dar sinais de vida, projetando a língua para fora da boca.

O motorista soltou um grito de pavor.

— Socorro! Estamos sendo atacados por mortos-vivos! Eles voltaram à vida em busca de vingança!

Instintivamente, enterrou o pé no freio. O furgão estancou abruptamente e o motor morreu. O infeliz abriu a porta e atirou-se para fora. Seu companheiro não tardou em seguir o exemplo.

Os dois desapareceram no mato sem olhar para trás.

Carl começou a ajudar os irmãos a saírem por completo dos sacos pretos.

— Pronto, amigos, vocês estão livres!

— Não era sem tempo! Obrigado, Carl! Devemos nossas vidas à sua estratégia. Agora precisamos voltar para São Paulo. Temos de impedir que a Exposição de Cães de Raça do Galileu Galilei se transforme em um circo de horrores. Queixo Quadrado pretende distribuir a ração Faro Fino como brinde para os participantes.

Carl balbuciou, trêmulo:

— O Queixo Quadrado vai distribuir a ração Faro Fino numa exposição de cães?

— Sim — respondeu Giba.

— Eles colocarão em perigo tantas criaturas inocentes!

— Essa gente não está preocupada com a vida alheia — afirmou o menino. — Ainda não sei o que pretendem ganhar com tamanha atrocidade, mas prometo que vou fazê-los pagar por esse crime pavoroso.

De volta a São Paulo

— **Então ficamos assim:** a Rita e eu seguiremos para São Paulo. Você deve procurar a polícia de Sorocaba e contar tintim por tintim o que se passa entre as paredes do Centro de Pesquisas Avançadas Faro Fino. Não omita nenhum detalhe. E faça isso depressa, pois assim que descobrirem que conseguimos escapar, os bandidos sairão à nossa procura.

— A polícia acreditará em mim? A história é tão fantástica que soa como ficção...

— Você é um cientista respeitado. Eles lhe darão ouvidos.

— Como vão viajar para São Paulo? — quis saber Carl.

— Se você puder nos dar uma carona até a rodoviária, pegamos um ônibus de volta. O dinheiro que tenho dá para as passagens — pediu o menino.

Carl levou os irmãos até o terminal de ônibus de Sorocaba, onde logo conseguiram duas passagens. Depois de um último abraço, tomou o sentido da delegacia mais próxima, pensando na melhor maneira de contar às autoridades sobre a ração que transformava cães em bestas assassinas.

"Doutor delegado, o que vou lhe dizer vai parecer inacreditável, mas é a mais pura verdade. Meu nome é Carl, sou um pesquisador respeitado, e tenho graves denúncias a fazer sobre um laboratório que comercializa a conhecida ração canina Faro Fino..."

Talvez fosse melhor entrar de supetão.

"Meu nome é Carl e eu fui obrigado a desenvolver uma ração que transforma cães em feras. Ela vai ser distribuída em uma exposição de cães em um colégio de São Paulo. Se isso acontecer, centenas de pessoas serão atacadas pelos animais que estiverem no evento. Temos que evitar isso!"

Pensando bem, deveria ir com mais cautela, preparando terreno para o assunto.

"Delegado, quero deixar claro que não sou o tipo que vê disco voador ou acredita em episódios paranormais... O que vou contar é espantoso, mas posso garantir que é real!"

**

Queixo Quadrado viajava no banco de couro de um luxuoso automóvel. Seu destino era a IV Exposição de Criadores de Cães de Raça do Instituto de Educação Galileu Galilei, em São Paulo, patrocinada pelas Rações Faro Fino.

— Pé na tábua, Carlão!

Seus pensamentos voavam... A essa altura, Giba e sua irmã Rita haviam se transformado em comida para cachorro. Ha! Ha! Ha! Tinha certeza de que a ida da menina à fábrica fora acidental. De qualquer modo, o problema estava resolvido. Qualquer um que aparecesse por lá sem ser convidado teria o mesmo destino. Não podia correr riscos.

Ele queria chegar o quanto antes a São Paulo, para desfrutar de um bom banho de água quente no hotel cinco estrelas onde fizera reserva. Perdido em pensamentos, assustou-se com o toque do celular.

— Alô, Khaus? Sim, chefe! Já entendi! Fique sossegado. Resolvo esse problema agora mesmo. Não esquente a cabeça!

***

Em situação menos confortável, Giba e a pequena Rita sacolejavam nos bancos de um ônibus de viagem. Otto ia mais uma vez escondido em uma sacola.

O motorista estranhou aqueles dois sozinhos, mas a verdade é que não era tão incomum crianças viajarem desacompanhadas de adultos. A menina, é claro, não poderia ir sozinha, mas o irmão já tinha a idade exigida pela companhia para isso. O problema é que não tinham a autorização dos pais necessária para embarcarem.

Giba pediu o celular do motorista emprestado, enquanto Rita contava uma história triste ao homem.

— Mamãe? — o menino disse ao telefone.

Depois de alguns minutos, o motorista acabou cedendo.

***

A instrução era clara: Queixo Quadrado deveria capturar um paciente que estava sob vigilância de um policial no Hospital das Clínicas. Tocou o ombro do capanga que dirigia.

— Carlão, temos um negocinho para resolver no Hospital das Clínicas.

— O que vamos fazer em um hospital? O senhor não está passando bem?

— Não, Carlão. Temos de tirar um sujeito que está se recuperando de algumas mordidas que levou de um vira-lata. É como tirar doce de uma criança. Depois de terminar o serviço, vamos deixá-lo em um hotelzinho barato do centro.

— É pra já, Queixo!

O motorista reprogramou o GPS e seguiu pelo novo trajeto. No banco de trás, o passageiro esticou as pernas. Aquela Mercedes era mesmo um carrão!

Pouco tempo depois, o motorista anunciou:

— Chegamos, Queixo. Aqui é o Hospital das Clínicas.

— Dê um giro no quarteirão, Carlão! Vou ao quarto 33 para resolver essa bronca.

***

O policial encarregado de vigiar o paciente do quarto 33 estava no segundo sono. Queixo Quadrado cutucou seu ombro com o dedo e o homem pendeu para o lado! Não valia a pena repetir a experiência. Um novo cutucão e ele despencaria da cadeira. O bandido o deixou em paz e abriu a porta. Ali estava o sujeito que ele deveria tirar do hospital.

— Levante-se — ordenou Queixo. — Você vai embora comigo!

O homenzinho, com os olhos arregalados, preferiu não contestar a ordem. Ele mesmo arrancou a agulha que prendia seu braço ao soro fisiológico e, ainda de pijama, seguiu o brutamontes.

***

Quando o celular tocou, Coelho sabia que a notícia não era boa. Segundo sua teoria, notícia boa não chega tarde da noite!

João e Maria?

— **Coelho?**

— Ele mesmo.

— Aqui é Geraldo, o policial destacado para vigiar o quarto 33 no Hospital das Clínicas...

— O que houve pra eu ser acordado a esta hora, Geraldo?

— O senhor vai querer me esfolar...

— Vou te esfolar se não falar logo...

— O paciente do quarto 33 sumiu!

— O zelador do Galileu? O José Linhares?

— Ele mesmo, detetive! Evaporou... Virou fumaça!

— Que conversa maluca é essa? Você abandonou seu posto?

— Nem para ir ao banheiro!

— Mas então?

— Uma enfermeira entrou no quarto, de madrugada, para ministrar os medicamentos, e encontrou a cama vazia. O José Linhares desapareceu por completo. Parece até que foi abduzido por alienígenas.

—Abduzido? Sou eu que vou abduzir você, Geraldo. Um sujeito de pijamas não sai voando pela janela do terceiro andar de um hospital...

***

Ulisses estava prestes a dar a primeira mordida no sanduíche quando a voz do apresentador de TV se fez ouvir:

— Funcionários do Centro de Pesquisas que produz a ração Faro Fino, líder no mercado de alimentos caninos, afirmam que foram atacados por zumbis enquanto se deslocavam num veículo da empresa, numa estrada vicinal de Sorocaba.

— Pati, venha ver esta notícia! — chamou Ulisses.

A garota sentou-se ao lado do amigo e prestou atenção na telinha.

— Um dos mortos-vivos tinha a aparência de um cachorro com um olho tampado por uma venda — continuou o repórter. — A qualquer momento voltaremos com novas informações sobre esse acontecimento incrível.

— Ouviu? Mortos-vivos atacam funcionários da Faro Fino! — exclamou Ulisses. — Não é essa a empresa que está patrocinando a exposição de cães do Galileu?

— Tem razão! — confirmou Pati. — O pátio da escola está coberto por propaganda dessa ração.

— Não soa esquisito que um dos zumbis tenha aparência de um cachorro com um tapa-olho?

— Por quê?

— Otto, o cachorrinho de Rita, tem uma mancha no olho como se fosse um pirata!

— Mas o que Otto estaria fazendo em Sorocaba? — estranhou Pati.

— Giba lembrou que entre as coisas que pegara na casa do zelador havia uma embalagem dourada de ração para cães, certo?

— É verdade! Quando você fez aquele exercício de memória com o Giba, ele lembrou da embalagem e achou que uma das palavras impressas poderia ser "faro", não foi? Faz todo o sentido ser a Faro Fino! E a fábrica dessa ração, como acabamos de ver na TV, está em Sorocaba. Rita deve ter visto o endereço na embalagem e seguiu para lá com Otto a tiracolo, achando que poderia encontrar alguma pista sobre os ataques de cães que estamos investigando. De alguma forma, Giba descobriu o paradeiro dela e foi procurá-la. Os zumbis que assustaram os dois funcionários da Faro Fino só podem ser nossos amigos!

— Então estamos diante de uma série de fatos estranhos que, de alguma forma, estão interligados — observou Ulisses. Ele foi levantando os dedos da mão conforme enumerava: — Cães atacando gente de forma inesperada, o aparecimento do detetive Coelho para investigar um caso aparentemente sem importância, e agora esses zumbis assustando funcionários da Faro Fino, que bem podem ser nossos amigos! Sinto que alguma coisa acontecerá durante a exposição de cães. O patrocínio dessa empresa está me cheirando mal.

O olhar de Pati era grave.

— Temos de entrar no Galileu hoje mesmo, antes de a exposição começar! — raciocinou Ulisses.

— Mas como faremos isso? Você mesmo disse que a polícia estava de prontidão na frente da sua casa. Você conseguiu enganá-los vestindo-se de mulher, mas esse disfarce não vai funcionar outra vez.

— Acho melhor darmos uma olhada no entorno do colégio para ver que tipo de problema vamos enfrentar — sugeriu o rapaz.

Dali a pouco, os dois estavam diante das colunas imponentes do Galileu Galilei, cujo nome fora tomado do físico, matemático e astrônomo italiano nascido no século XVI. Mas havia algo no ar! Ulisses tocou o braço da amiga.

— Dê uma olhada no pipoqueiro na outra calçada; no morador de rua na esquina, no casal de namorados ali... Pode estar certa de que não passam de policiais disfarçados. Não vai ser tão simples entrar. Pelo jeito, toda a polícia de São Paulo está à minha caça. Vamos sair daqui e pensar em algo! Temos de descobrir uma forma de passar pelo portão sem despertar suspeitas.

***

— É por uma boa causa, Pati.

— Não, Ulisses! Nem pensar! Prefiro ser trancafiada em uma masmorra com cinco leões!

— Pati, essa é a única maneira de entrarmos no Galileu. Uma chance de resolvermos essa trama e encontrarmos Giba e Rita.

O nome do amigo a fez suspirar. Suas últimas barreiras foram vencidas.

Ulisses sentiu uma pontinha de ciúmes. A mudança de cor nas faces de Pati não lhe passou despercebida. Ele começava a desconfiar de que a garota tinha uma simpatia especial por Giba. Um sentimento que ia além da simples amizade.

***

Pati concordou em acompanhar Ulisses até o banheiro de um bar um pouco mais afastado no bairro. O dono não se incomodou, estava acostumado a receber todo tipo de gente em seu estabelecimento. Ulisses sacou do bolso uma pequena tesoura e um tubo de cola. Era só o que precisava para seu novo número de mágica: transformar Maria em João e João em Maria!

Espremidos no espaço escuro, com os corpos suados, a menina permitiu que o amigo cortasse curtinhos seus longos cabelos.

— Prometo que o sacrifício valerá a pena! — disse o garoto, na esperança de consolá-la.

Pati apenas suspirou. Depois de lhe tosar as madeixas, Ulisses colou cada um dos longos tufos dourados no revestimento interno de seu boné.

***

Uma mocinha de cabelos loiros sobre os ombros e um rapaz de cabelos curtos tinham entrado no banheiro. Instantes depois, uma moça com cabelos dourados saindo do boné e um adolescente com cabelos curtíssimos e trejeitos femininos saíram de lá. O dono do bar não os vira entrar e não os vira sair.

A véspera da exposição

O sumiço do zelador fez Coelho acreditar que uma organização criminosa estava agindo nos bastidores. O depoimento do estudante Ulisses seria importante para lançar novas luzes sobre as investigações.

Bebeu o café em pequenos goles e esticou as pernas sobre o tampo da mesa, apontando o controle remoto para a TV. O jornal estava começando. Um repórter noticiava que a população de uma cidade paulista conhecida pelo desenvolvimento econômico estava em pânico. Um cachorro zumbi...

O detetive desligou o aparelho:

— Só faltava essa! Cachorro zumbi!

Chamou um dos investigadores assistentes pelo ramal telefônico.

— Tobias? Quero uma vigilância em torno do Galileu Galilei. Algo me diz que esse tal de Ulisses vai tentar entrar na escola para não perder a exposição de cães. É... Esse moleque pode ser a peça chave para resolvermos o Caso dos Cães Irados. Não vamos deixar ele nos fazer de otários outra vez!

— Não se preocupe, investigador. Se ele aparecer, será apanhado num piscar de olhos.

— Assim espero, Tobias! Assim espero!

***

O sistema de som funcionava perfeitamente. Adelaide, conhecida pelo seu amor à perfeição, fazia os preparativos finais para receber os convidados.

— Tirem esta escada daqui! Limpem a mancha da parede! Sem demora, pessoal, que o tempo voa...

— Para onde devemos levar estas cadeiras, dona Adelaide?

— Para o pátio. Não se esqueçam de colocar papel higiênico nos banheiros.

— E este vaso de flores?

— Ali, próximo daquela coluna.

***

Na véspera da exposição, o Galileu Galilei já estava tomado por todo tipo de pessoas. Donos de animais que participariam da prova circulavam por ali para conhecer as condições da pista escolhida para a competição. Carros não identificados da polícia rodavam pelas ruas próximas. No meio dessa gente, uma turma de ex-alunos tirava uma porção de fotos com o celular. Eles tinham vindo para matar as saudades dos velhos tempos.

— O Galileu não mudou nada!

— Não mesmo! Foi muito bom estudar aqui.

***

Cercados por adolescentes de todo tipo, a jovem de cabelos loiros sobre os ombros e o rapaz com cabelos curtos não chamaram a atenção. Entraram de mãos dadas e atravessaram o pátio da escola. Num dado momento, viraram e rumaram a passos largos para o vestiário feminino.

— Depressa, Ulisses! Ninguém nos encontrará lá.

Pati tinha razão. O interesse de todos estava dirigido para as instalações onde a competição deveria acontecer no dia seguinte.

***

Ulisses estava a sós com Pati. Uma sensação de prazer percorria seu corpo. Suas últimas experiências estavam sendo inacreditáveis. Pura adrenalina! E a excitação de ficar ao lado daquela garota afugentava ainda mais seu sono. O desconforto foi notado pela amiga.

— Tente relaxar, Ulisses! O dia de amanhã vai ser cheio. Não sabemos os perigos que teremos de enfrentar.

— Vai ser difícil, Pati. Não paro de pensar em Giba e Rita — mentiu descaradamente o menino. Seus únicos pensamentos ali eram sobre sua companheira, cuja silhueta era recortada pela luz da lua que atravessava a janela.

— Infelizmente não há o que fazer, exceto manter o celular por perto — argumentou Pati. — Tenho esperança de que eles nos liguem a qualquer momento.

— Espero que Giba não tenha sido apanhado pelo Coelho!

— O detetive? Por que você acha que ele estaria interessado em Giba?

— Pela mesma razão que está no meu encalço. Coelho acha que Giba e eu estamos enfiando o nariz onde não devíamos. Ele cruzou comigo nos corredores do Hospital das Clínicas, quando eu saía do quarto do seu José, e flagrou Giba devolvendo a chave do quartinho do zelador... Quer mais?

— Puxa! — exclamou Pati.

— Também andei fazendo uma pesquisa na internet. Coelho é conhecido por casos de repercussão internacional e dá aulas sobre investigação para policiais iniciantes. Por que o ataque de um cachorro vira-lata a um zelador de escola interessaria a um agente desse nível?

— Sei lá, Ulisses. Quem sabe isso não faça parte de uma intriga maior. Quem sabe os ataques de cães não estejam sendo provocados por terroris...

— Terroristas? Não creio! Acho que por detrás de tudo isso existem apenas criminosos comuns...

— O que não entendo é por que alguém desejaria uma horda de cães agressivos e fora de controle?

— Não faço a menor ideia! — admitiu Ulisses.

Pati deu um suspiro. Em nenhum momento imaginou que ela e seus amigos acabariam envolvidos em uma trama tão assustadora. Eram simples estudantes. Valia a pena continuar? Deitou-se no banco de madeira que se estendia pela parede do vestiário.

Ulisses também se deitou, com o coração palpitando. Sentia um perfume de rosas no ar. Ou seria a imaginação de um jovem que estava começando a se apaixonar pela melhor amiga?

O paciente que saiu sem tirar o pijama

— **Tobias? Novidades?** — Coelho ligava de cinco em cinco minutos.

— Não, senhor. Nada ainda. Entrou gente de todo tipo pelo portão. Até um casalzinho bem do esquisito. E nada do tal de Ulisses, esse não deu o ar da graça! Mas fique tranquilo, chefe. O cerco vai permanecer durante toda a noite. Garanto que, se o moleque aparecer, vamos pôr nossas mãos nele em um segundo.

— Certo, Tobias. Não baixem a guarda! Se surgir qualquer problema, me ligue. Vou descansar, pois amanhã quero estar por aí nas primeiras horas.

***

Pati assustou-se com a vibração do celular. Número desconhecido. Ergueu o corpo do banco de madeira e levou o aparelho ao ouvido. Cautelosa, limitou-se a dizer um simples "alô", sem demonstrar entusiasmo. Mas a voz do outro lado da linha fez seu coração disparar no peito.

— Giba? É você? — perguntou ela, reconhecendo o amigo.

— Sim, mamãe! Sou eu... A Ritinha e o Otto estão comigo. Eu perdi a autorização da viagem que você fez pra mim e pra Rita, mas o motorista do ônibus foi muito gentil e deixou a gente embarcar. Vamos descer na rodoviária Tietê. Não precisa nos esperar para jantar, pois já comemos deliciosos sanduíches de salame.

Pati riu. Mamãe? Sanduíches de salame? Era seu amigo falando em código para confirmar sua identidade. Giba que não suportava... sanduíches de salame! Ela respondeu no mesmo tom:

— Oi, filhinho! Seu pai e eu vamos pernoitar na casa do compadre Galileu. Queremos amanhecer aqui para não perder a festa.

— Boa ideia, mamãe. Mas peça para o compadre Galileu adiar a festa, pois soube que a casa dele está infestada de ratos. Ah! E cuidado com as rações, pois elas andam deixando nossos cães muito agitados.

— Sim, filhinho. Vou seguir suas orientações. Beijos meus e do seu papai Ulisses. E muito cuidado com um coelho que anda por aí... O mesmo coelho que você encontrou na sala da Dona Adelaide.

Desligaram.

Viva! Seu querido Giba estava vivo e em segurança. E a mensagem do amigo era clara: a Exposição de Criadores de Cães de Raça do Galileu não podia acontecer. Olhou para Ulisses, que acompanhava a conversa atentamente com as sobrancelhas arqueadas.

— Giba e Rita estão a salvo. Vamos dormir. Quando o sol raiar, temos um trabalho importante a fazer!

***

Queixo Quadrado estava de volta ao estofado de couro do seu automóvel. O homenzinho de pijama viajava a seu lado.

— Não precisa ficar assustado, meu chapa, Não vou morder! Meu chefe pediu que eu o tirasse do hospital e o levasse para um hotelzinho no centro da cidade. É o que estou fazendo.

O homenzinho continuou mudo, sem erguer os olhos.

Um tempo depois, o automóvel estacionava diante de um hotelzinho de quinta categoria numa rua de São Paulo.

— Espere no volante, Carlão. Vou pôr este infeliz nesta espelunca e já volto.

Queixo Quadrado dirigiu-se à recepção. O sujeitinho a seu lado era uma figura inexpressiva, e o atendente sequer notou que ele estava de pijama.

Missão cumprida!

O brutamontes agora queria descansar.

— Toca, Carlão! Amanhã o dia vai ser cheio.

***

A diretora esfregava as mãos, exultante. Tudo estava pronto para que a IV Exposição de Criadores de Cães de Raça do Instituto de Educação Galileu Galilei ficasse marcada na memória da comunidade como um grande acontecimento. Só faltava estender a mensagem de boas-vindas sobre a tribuna de honra.

Os funcionários começaram a pendurar a faixa. Uma grande faixa branca em que estava escrito em letras graúdas: O GALILEU GALILEI AGRADECE SUA PRESENÇA NA IV EXPOSIÇÃO DE CRIADORES DE CÃES DE RAÇA.

O enigma do coelho

Apesar da fama de ranzinza, o detetive Coelho era um homem afável, que gostava de testar a inteligência de seus colegas com charadas. Leitor voraz de literatura policial, sempre trazia histórias sobre crimes fantásticos. Para Coelho, não existia uma fronteira muito clara entre realidade e ficção. Principalmente porque, em muitas operações que acompanhou, a realidade mostrou-se mais espantosa.

Seu enigma predileto era o do coelho que comia as cenouras em uma horta, sem que ninguém soubesse explicar como ele entrava e saía sem ser visto. Era mais ou menos assim: depois de plantar uma horta de cenouras, um granjeiro a cercou para protegê-la de invasores. Dias depois, as cenouras começaram a desaparecer. Não havia dúvidas de que um coelho andava por ali. Mas como o dentuço fazia para invadir a horta, se coelhos não voam?

— Então? Quem vai resolver o enigma? Como o coelho conseguia roubar as cenouras? — perguntava o detetive.

O pessoal perdia-se em palpites. Mas os argumentos eram rebatidos, um a um, pelo investigador.

Tinha quem achasse que Coelho usava essa história apenas para mantê-los ocupados!

— O Coelho vai acabar fritando nossos cérebros com essas pegadinhas malucas.

***

Pati acordou com o raiar do sol.

— Acorde, Ulisses! Vamos sair daqui.

Ulisses abriu os olhos, levando certo tempo para lembrar onde estava.

— Então não foi um sonho? Estamos mesmo no Galileu?

— Sim, Ulisses. E está na hora de deixarmos nosso esconderijo. A exposição vai começar daqui a pouco.

O garoto se espreguiçou.

— Certo! E o que há para o café da manhã? Suco de laranja, torradas… ovos mexidos, presunto? Melão? Tem melão?

A garota deu uma risada do delírio do amigo. Ele esfregou os olhos e bocejou.

— Pronto, agora acordei de verdade. Vamos lá!

Pati pôs a cara para fora do vestiário.

— Tudo livre! Podemos sair.

Os dois venceram a distância que separava o vestiário do refeitório. Dali em diante, a situação complicava. Muita gente atravessava o portão da escola em direção ao pátio, onde a exposição de cães aconteceria. Contudo, mesmo naquela confusão era possível sentir a presença dos homens da lei. Eles se destacavam pelo olhar aguçado — o olhar do caçador que está prestes a abater a presa. Pati sussurrou para Ulisses:

— O Galileu tá pipocando de agentes da polícia. Não será fácil sair em campo aberto para chegar ao pátio. Tenho certeza de que seremos capturados antes de darmos dois passos.

— O que vamos fazer então?

— Vou sair daqui em disparada para atrair a atenção dos investigadores. Quando eles vierem me apanhar, comece a andar no sentido contrário e se misture à multidão.

— Mas isso pode ser perigoso, Pati!

— Não se preocupe! Vou ficar bem. O importante é que um de nós estará livre para impedir, de algum modo, que a exposição aconteça.

— Você é muito corajosa, Pati. Posso te dar um beijo de boa sorte?

— Claro, Ulisses!

Pati cerrou os olhos e…

— Desculpe, gatinha, mas é para o seu próprio bem!

A menina estatelou-se com a bunda no chão!

Depois de empurrar a amiga, Ulisses saiu com o boné sobre os olhos, andando vigorosamente na direção contrária ao pátio.

Um homem de camisa xadrez com uma escuta no ouvido deu o alerta:

— Suspeito seguindo para a quadra de esportes.

Uma mulher deixou um boneco cair de dentro do carrinho de bebê que empurrava e deu um grito:

— Parado aí, rapaz! É a polícia!

De um minuto para o outro, tinha gente saindo de todo canto atrás de Ulisses. O menino sorriu. O truque estava funcionando. Ele deveria distrair seus perseguidores até que Pati deixasse o refeitório em segurança. Afastou a aba do boné dos olhos e começou a correr. Ele era a presa!

— Não o deixem escapar!

— Cerquem o fugitivo!

Ulisses continuou em direção à quadra de esportes. Quando se preparava para galgar os degraus das arquibancadas, sentiu que suas forças começavam a faltar. Ajoelhou-se e ergueu as mãos.

— Não atirem! Eu me rendo!

Um policial, arfando, se aproximou do adolescente.

— Você está preso!

O menino estava cercado por um batalhão de homens da lei. Mas seu sacrifício valera a pena! Pati já devia estar a salvo, pronta para agir. Abaixou a cabeça enquanto um agente lia seus direitos constitucionais:

— Você tem o direito de permanecer calado, e tudo o que disser poderá ser usado contra você num tribunal...

O público acompanhava o incidente sem muita certeza sobre o que estava acontecendo.

— Parece que pegaram um trombadinha.

— O menino não tem cara de quem precisa roubar.

— Vai saber! Ninguém quer saber de ganhar a vida no batente!

Pati, com o coração apertado, ouvia os comentários à sua passagem. Quanta bobagem! Se essas pessoas soubessem como ela e Ulisses estavam lutando para protegê-las. Ah, Ulisses! Seu amigo tinha sido muito gentil trocando de lugar com ela. Um cavalheiro! Mas ela não o perdoaria... Não o perdoaria por ele não a ter beijado antes de empurrá-la para o chão.

O interrogatório

Giba finalmente estava diante do Galileu Galilei. A preocupação estampava seu rosto. Ele tinha que dar um jeito de colocar Rita em segurança antes de entrar na escola. O que Pati lhe dissera ao celular repercutia em sua cabeça. Era possível que o detetive Coelho estivesse envolvido com os bandidos que o aprisionaram em Sorocaba. Por que não? Não poderia pertencer à banda podre da polícia? De outro modo, o que justificaria seu empenho em um caso tão banal? Um zelador de escola mordido por um vira-lata?

— Vou deixar você em um lugar seguro, maninha. Não sabemos o que nos espera durante a exposição de cães.

— Nem pensar! Não quero perder o melhor da festa.

Giba ia replicar quando o burburinho começou. Algumas daquelas pessoas, que aparentavam ser simples visitantes, começaram a correr para os fundos da escola.

"Esses caras armados certamente são policiais. E devem estar atrás de algum figurão, caso contrário não seriam tantos para apanhá-lo", pensou Giba.

Uma perseguição tinha início. De longe, só se ouviam gritos: "Pega!", "Não deixe escapar!". A esses gritos misturavam-se latidos dos cachorros que se agitavam com a correria.

Era a oportunidade de entrar no Galileu. Giba puxou seu boné sobre os olhos e segurou a mão da irmã.

— Vamos, Rita!

O menino ultrapassou a linha que separava a calçada do portão.

Não dera mais do que alguns passos quando sentiu a pressão do cano de um revólver em suas costelas.

— Ora, se não é o meu amigo Giba e sua irmãzinha de nariz arrebitado. Estou surpreso. Pensei que tinham virado comida de cachorro em Sorocaba.

A voz de Queixo Quadrado era inconfundível. Comprimindo ainda mais a arma contra Giba, o malfeitor ordenou:

— Andando... Depois vocês vão me explicar por que vieram para cá e como escaparam dos meus homens.

Giba estava desconsolado. Tanta peripécia para nada. Mais uma vez seu destino estava nas mãos do facínora cujo queixo era formado por três linhas perfeitamente retas.

— Carlão! Passe seu casaco para este moleque.

O motorista de Queixo Quadrado cumpriu a determinação, e Giba desapareceu dentro do casaco azul da empresa.

— Agora você vai ser mais um funcionário da Faro Fino. E não tente nenhum truque, pois não estamos para brincadeiras.

Temendo pela irmã, Giba não esboçou a menor reação.

***

Carlão estava ao lado de Rita. A mão direita dele segurava a mãozinha delicada da menina. Quem os visse acreditaria que Rita estava aos cuidados de um tio atencioso.

Ela estava à mercê do malfeitor, era verdade, mas Otto poderia escapar sem esforço. Rita afrouxou os braços e o cachorrinho escorregou para o chão. Sem um único latido, como se soubesse que o momento era de discrição, Otto desapareceu por entre as pernas dos passantes.

***

Pati atravessava o pátio da escola. Sua intenção era alcançar a sala da diretora e pedir a ela que adiasse a exposição. O pátio estava apinhado de carrinhos de cachorro-quente e barracas com artigos para pets, de correias a roupinhas da moda canina. Porém, a atração principal eram os cães, que caminhavam garbosamente ao lado dos donos, à espera da competição.

Perdida em pensamentos, Pati espantou-se quando viu um cãozinho saltitando diante dela:

— Otto?! É você, seu malandro?

O bichinho lambeu o rosto da menina, fazendo festa. Mas a alegria de Pati durou pouco.

— Otto, onde está sua dona?

Pati sabia que a pequena Rita não se separaria do seu amigo animal por razão nenhuma!

— Me leve até ela, amigão.

***

Queixo Quadrado e seu motorista empurravam os dois irmãos quando um adolescente de cabelos muito curtos se chocou contra eles:

— Ei, garoto, olhe para onde anda!

— Desculpe, senhor.

— Seu desastrado! Saia da frente.

Pati, com a aparência de um frágil rapazinho, não reagiu à grosseria e saiu do caminho dos dois grandalhões. O incidente foi o bastante para que Giba, com a cabeça inclinada para o chão, reconhecesse aquele par de tênis amarelos. Havia trilhões de maneiras de laçar um calçado com seis pares de ilhós, mas a amarração que acabara de ver era única! Só a sua querida amiga Pati trançava cadarços daquele modo.

Depois de passar por Pati, Queixo Quadrado continuou o trajeto. Ele queria ficar ao lado de uma porta lateral, próximo ao palco em que as autoridades e os funcionários do Galileu Galilei ficariam alojados. Essa porta seria sua rota de fuga no momento propício. Por ela, o bandido chegaria à rua sem atropelo.

***

Coelho assistia à perseguição policial a distância. Os joelhos não mais lhe permitiam correr atrás de fujões. Aproximou-se da cantina e pediu um cachorro-quente. Não havia mal nenhum em matar a fome enquanto esperava que Ulisses fosse capturado.

Dali a pouco, o menino estava à sua frente, cercado por uma dúzia de agentes.

— Investigador Coelho, aqui está o malandro.

O detetive passou o guardanapo para retirar o excesso de mostarda da boca.

— Finalmente, rapaz! Você nos deu trabalho, mas agora está nas nossas mãos. Quer me contar alguma coisa antes de ser levado para o distrito?

Ulisses permaneceu em silêncio, sem fazer menção de abrir a boca.

— Tobias, leve o moleque — orientou Coelho. — Ele está se fazendo de durão, mas vai ter de explicar o que queria com o zelador no Hospital das Clínicas. Aproveite e descubra onde está escondido seu amiguinho Giba.

O coração de Ulisses saltou no peito.

— O senhor não tem o direito de me levar preso. Sou menor de idade...

— Menor de idade? Ora, pelo que sei, você é o médico que vi no corredor do hospital. Não conheço nenhum médico formado com menos de 18 anos! Você conhece, Tobias?

Ulisses engoliu em seco.

— Tobias, tire esse bandidinho da minha frente. E não amacie no interrogatório do... Doutor Ulisses, não é mesmo? Ha! Ha! Ha!

O investigador fez um aceno de despedida e empurrou o menino para uma viatura estacionada no meio-fio.

***

A delegacia estava uma bagunça por causa de um assalto à casa do filho do governador. Jornalistas se atropelavam no saguão.

Tobias passou com seu prisioneiro sem ser interpelado pelos colegas. Depois de subir para o andar superior, trancou-se em sua sala. Com expressão de enfado, despejou o líquido escuro de uma garrafa térmica numa xícara.

— Café? — ofereceu.

Ulisses engoliu em seco.

— Não, obrigado!

— Então, vamos ao ponto! Vai contar o que queria no hospital?

O garoto olhou fundo nos olhos do seu inquisidor.

— Tenho o direito de ficar calado, não tenho?

Tobias deu um suspiro. O dia seria longo!

— Se eu fosse você, começava a desembuchar. A cadeia não é hotel cinco estrelas. E hoje o distrito está lotado. Não cabe mais delinquente no xilindró.

Ulisses estremeceu.

— Quero chamar um advogado.

O investigador soltou uma gargalhada.

— Duvido que você conheça algum advogado.

Diante do silêncio do menino, o policial tripudiou:

— Sabia! Pois bem, vou até a padaria comer um enroladinho de salsicha. Você fica aqui algemado à cadeira. Quando eu voltar, espero que sua memória esteja mais fresca.

Ulisses estendeu o braço para a algema. Seus pensamentos viajavam para Pati. Esperava que sua doce amiga tivesse conseguido falar com dona Adelaide.

***

Tobias reapareceu depois de quase uma hora com um palito de dentes na boca. Um arroto denunciava que, além de enroladinhos de salsicha, ele comera ovos cozidos.

— Então, vamos recomeçar. Diga onde está Giba. E explique por que foi procurar o zelador no Hospital das Clínicas.

Um longo silêncio se seguiu às perguntas. Então Ulisses interpelou o policial:

— Senhor detetive, posso fazer uma pergunta?

— O que quer saber?

— A polícia já sabe quem roubou a casa do filho do governador?

Um ruído gutural escapou da garganta de Tobias.

— Você está me zoando?!

O show não pode parar

Ulisses achava altamente suspeito o interesse de Coelho pelos episódios relacionados aos ataques de cães na zona oeste. Por isso, não daria nenhuma informação ao investigador Tobias. Por outro lado, tinha receio de não resistir a um interrogatório mais duro. Sua única opção era sair dali o quanto antes.

— Preciso ir ao banheiro.

— Não dá para esperar?

— Estou com dor de barriga.

— Então vou levá-lo ao banheiro do corredor. Você não vai soltar um barro na privada do meu escritório.

Tobias conduziu Ulisses ao banheiro. Enquanto o menino entrava, o investigador recostou-se à parede do corredor para esperá-lo.

Meia hora depois, o detetive começou a impacientar-se.

— Ô, moleque! Vai demorar? — gritou Tobias, enfiando o pescoço pela porta do banheiro coletivo.

O silêncio foi a resposta.

— Moleque? O que está havendo?

Tobias resolveu entrar. O banheiro reunia uma série de reservados, e ele passou em revista cada um deles, olhando por baixo das portas. Finalmente avistou a ponta dos tênis do menino sob a porta do último reservado, no fundo do banheiro.

— Malandro, vai passar o dia todo no trono?

***

Ulisses estava de cócoras equilibrando-se sobre o vaso sanitário do primeiro reservado, logo à entrada do banheiro. Assim que Tobias passou por ele, o garoto saiu para o corredor. O investigador, preocupado com a inspeção dos demais reservados, não percebeu o menino escapulindo às suas costas.

Ulisses deixou o distrito sem que ninguém estranhasse o fato de estar de meias. Os tênis tinham sido abandonados no banheiro da delegacia.

***

Depois do encontro com a dupla de malfeitores que mantinha Giba e Rita sob controle, Pati percebeu que não poderia mais adiar seu encontro com Dona Adelaide. A diretora precisava saber que a patrocinadora oficial da exposição podia ser a fachada de uma organização criminosa.

Na sala, a diretora dava o último retoque no discurso.

— Pati, o que a traz aqui?

— Dona Adelaide, preciso conversar com a senhora. Acabei de me encontrar com dois brutamontes usando uniforme da Faro Fino e eles…

— Lamento, querida, eu não tenho como lhe dar atenção agora.

Pati insistiu em tom de súplica:

— Dona Adelaide, alguma coisa muito ruim vai acontecer se a senhora não cancelar a exposição. Esses dois homens estão mantendo Gi...

A diretora do Galileu ergueu a palma da mão para Pati, numa demonstração de impaciência.

— Minha querida! Coisas piores vão acontecer se eu não sair desta sala daqui a pouco. Meses de preparação irão por água abaixo, e a reputação deste colégio será arruinada... Há muita gente esperando lá fora pelo início do evento.

— Dona Adelaide, a senhora está cometendo um erro gravíssimo. A senhora tem de me ouvir ou...

Um assessor da diretora invadiu a sala, nesse instante, cortando a frase da menina pela metade:

— Dona Adelaide! O prefeito já está na tribuna de honra. E a imprensa está esperando para a sessão de fotos.

Adelaide saiu alisando o tecido do vestido com as mãos.

— Vamos! Não é bom deixar a imprensa esperando...

Desolada, Pati percebeu que não tinha a menor chance de forçar a diretora a ouvir o que ela tinha para dizer.

***

Queixo Quadrado e o motorista grunhiam desaforos enquanto empurravam Giba e Rita:

— Vamos, seus idiotas! Marchem! Vocês parecem duas tartarugas!

Giba fez uma rápida avaliação da situação. Ele sabia que qualquer iniciativa sua colocaria a vida da irmã em risco.

A exposição de cães estava para começar, e ele não vislumbrara uma maneira de se safar de seus captores.

Queixo Quadrado sinalizou para que o grupo parasse:

— Vamos ficar por aqui. E você, garoto, trate de se comportar. Caso contrário, sua irmãzinha sofrerá as consequências! Aproveite a oportunidade para testemunhar um momento que entrará para a História: o dia em que a humanidade descobrirá que não pode confiar em seus amigos de quatro patas.

Giba queria ouvir da própria boca de Queixo Quadrado o que estava para acontecer.

— O que você quer dizer com isso?

— Daqui a pouco, nossos funcionários distribuirão a ração Faro Fino como brinde. Quando o primeiro pacote for aberto, os cachorros ficarão loucos para experimentá-la. O cheiro da ração despertará um desejo intenso nos cães. Minutos depois de provarem as bolotas da Faro Fino, o efeito de uma substância chamada Zíon-3 fará com que eles comecem a atacar qualquer um que se mova à frente de seus olhos. Inclusive os próprios donos!

— Você não pode estar falando a sério! Hoje haverá muitos cães por aqui. Eles acabarão ferindo seriamente as pessoas...

— Esse é o propósito, seu palerma! Causar o maior número de vítimas!

— Você é um dos maiores monstros que o mundo já produziu...

— Não mereço seu elogio! Sou apenas um peão nesse tabuleiro. O mestre dessa trama é meu chefe, Khaus... — Queixo Quadrado falava com um ardor apaixonado. — Ainda não sei quem ele é. Mas em breve ele vai me revelar sua identidade. Então serei o braço direito da criatura mais poderosa do planeta. O Senhor do Caos! É assim que ele gostará de ser chamado.

**

A exposição do Galileu era apenas um balão de ensaio. Assim que os cães se servissem da Zíon-3, o colégio seria o centro de um espetáculo sangrento. Os animais atacariam sem piedade aquela gente toda. E ninguém apontaria a Faro Fino como a causa da tragédia, pois os testes não detectariam o Zíon-3 com a presteza necessária. Logo outras regiões do globo viveriam dramas semelhantes, pois a ração fatalmente seria exportada. Como nenhuma teoria conseguiria explicar o fenômeno de forma racional, o boato de que os cães teriam sido vítimas de uma alteração genética ganharia força.

O medo passaria a ser uma constante, num cenário digno de um filme de Alfred Hitchcock. Crianças seriam proibidas de se aproximarem de seus cachorros... Policiais seriam obrigados a sacrificar seus cães farejadores, treinados para encontrar drogas e explosivos... Ninguém mais confiaria em um cão-guia!

Uma amizade de dez mil anos seria desfeita num estalar de dedos.

Seu cão amará esta ração

Depois de se livrar de Pati, Adelaide apertou o passo, acompanhando seu assessor.

— Ufa! Essa menina é uma ótima aluna, mas parece que tem um parafuso a menos na cabeça. Imagine! Abortar a exposição...

Quando chegou ao palanque, foi recebida por uma calorosa salva de palmas. Acenou com os braços, com um grande sorriso nos lábios. Reconheceu o rosto de vários convidados, entre eles o prefeito. Então se aproximou do microfone.

— Bom dia, senhores e senhoras. Como diretora do Instituto de Educação Galileu Galilei, gostaria de agradecer à presença de todos em nossa casa. Nosso excelentíssimo prefeito... Nosso corpo docente, alunos e membros da comunidade...

Uma nova salva de palmas acompanhou suas palavras seguintes:

— Obrigada, obrigada... Gostaria de agradecer também ao coronel Moreira, que está garantindo a segurança do evento. Hoje é um dia especial para nós que amamos os cães.

Mas, para não esticar o discurso, pois sei que estão impacientes pelo início da competição, declaro aberta a IV Exposição de Cães de Raça! Bom divertimento!

***

Queixo Quadrado não perdia o ritmo para descrever seu cenário de horrores.

— Como disse, a ração Faro Fino será distribuída entre os cachorros que estão na exposição. Ha! Ha! Ha! Será uma carnificina. Mas não ficarei para o espetáculo. Vou sair por essa porta e dar o fora.

— E seus homens? Como pretende colocá-los a salvo?

— A salvo? Ha! Ha! Ha!

— Vai deixá-los para trás?

— Não posso ser sentimental numa hora dessas!

— Canalha! Cedo ou tarde, você e seu líder pagarão por isso!

— Não se queixe, meu caro! Daqui a pouco esses cães estarão atrás de carne fresca. Vou deixá-los algemados para que não saiam daqui antes de a festa acabar. Torçam para que o fim seja rápido. Ha! Ha! Ha!

Ritinha, que ouvia tudo em silêncio, sentiu um nó na garganta.

— Giba!? Nós vamos morrer?

— Não se preocupe, Rita! Darei um jeito de sair dessa enrascada!

O menino tentava manter o sangue-frio, embora sua cabeça estivesse dando voltas. Como deter o cérebro por detrás de tanta loucura? Como conseguiria impedir que a morte se espalhasse pelo colégio que ele tanto amava?

Era verdade que o garoto não tinha a menor pista sobre a identidade de Khaus. Segundo as informações de Carl, o bandido cobria o rosto com uma máscara. Sequer se sabia se era homem ou mulher, e a lista de suspeitos era grande. O vilão poderia ser até mesmo Dona Adelaide, por que não? Sem dúvida, a diretora tinha intelecto suficiente para dirigir uma organização como o Centro de Pesquisas Avançadas Faro Fino sem levantar suspeitas. Mas era difícil acreditar que uma mulher tão dedicada à causa do ensino fosse guiada pelo ódio.

***

A competição do Galileu atraía raças distintas de cães. O árbitro, com experiência internacional, tinha sido convidado especialmente para o certame e levaria em consideração as proporções entre a altura, a largura e o comprimento do animal, a cor da pelagem e a relação ossatura-musculatura. Suas decisões eram indiscutíveis e irrecorríveis. Empolgados, os donos dos animais já se preparavam para a disputa, movimentando-se ao lado dos cães para tranquilizá-los.

A quadra de esportes fora transformada em pista para a apresentação dos bichos. Otto andava por ali, sem rumo, farejando o chão e abanando o rabo. Desde que levara Pati até Rita, ele aguardava a oportunidade de voltar aos braços de sua dona. Mas, por instinto, sabia que o momento não era adequado para realizar esse desejo.

Do outro lado da quadra, Coelho, em estado de alerta, vigiava os frequentadores. Os dedos de sua mão direita estavam no bolso do paletó, em volta do celular. A qualquer momento, Tobias ligaria para contar novidades sobre o interrogatório de Ulisses. O detetive não pretendia manter o rapazinho preso, pois sabia que ele não tinha mais de dezesseis anos. Sua intenção era entregar Ulisses ao Conselho Tutelar, como determinava o Estatuto da Criança e do Adolescente.

A exposição de cães prosseguia com o anúncio dos animais que concorriam aos prêmios nas diversas categorias:

— Agora estamos assistindo ao ingresso na pista do buldogue francês Lord Byron, com sua belíssima pelagem vermelha...

Coelho prosseguia em sua ronda alheio ao som que saía dos autofalantes. Onde estaria Giba? Qual seria a ligação de um menino imberbe com os ataques dos cães a pessoas indefesas na zona oeste de São Paulo? E o que dizer do desaparecimento do pobre zelador, que fora arrancado de seu leito de hospital? Quem teria a coragem de sequestrá-lo, sabendo que ele estava sob vigilância da polícia? Para onde ele teria sido levado? Seria possível que já estivesse morto? Uma queima de arquivo? O interrogatório de Ulisses poderia trazer respostas para suas dúvidas.

A atenção do detetive dirigiu-se para a gigantesca faixa que se estendia sobre onde os convidados ilustres estavam sentados:

Seu cão amará esta ração

Não passou despercebido para ele que essa mesma mensagem também aparecia nas costas dos casacos azuis dos funcionários da Faro Fino, em letras brancas e graúdas. No entanto, em um punhado de casacos, algumas letras da frase tinham sido encobertas, de modo que apenas cinco delas podiam ser lidas: E, O, M, T e R.

A festa chega ao fim

Os apreciadores de cães prestigiavam a competição munidos de saquinhos plásticos próprios para recolher os dejetos que seus amiguinhos iam espalhando aqui e acolá.

Enquanto isso, Coelho conversava com seus próprios botões. "Ainda não aconteceu nada digno de atenção. Será que meu instinto de policial falhou?"

Ele tinha imaginado que o Caso dos Cães Irados teria desdobramentos no Galileu. Não podia ser uma simples coincidência o fato de que as vítimas dos ataques viviam ao redor do Galileu... A última delas, por sinal, trabalhava e morava na escola. Ulisses, que agora estava sendo interrogado por Tobias, estudava ali! E o amigo dele, Giba, provavelmente tinha limpado o quartinho do zelador para eliminar pistas... Tudo aquilo não podia ser obra do acaso! A escola, de alguma maneira, estava no olho do furacão.

***

O serviço intermitente de som lembrava que a ração Faro Fino seria distribuída como cortesia ao final da competição.

Enquanto o árbitro examinava a cauda de um beagle, a atenção do detetive desviou-se novamente para os funcionários da Faro Fino. Fã de anagramas, começou a embaralhar mentalmente as letras E, O, M, T e R, que se lia nas costas dos casacos.

Nesse instante, uma fagulha se acendeu em sua mente!

Em novas posições, essas letras tanto formavam a palavra "morte" quanto a palavra "temor"! Alguém estaria tentando passar um recado com elas? A última palavra que extraiu da combinação não deixava dúvida de que o terror estava para se abater sobre o Galileu Galilei.

Após o estalo, Coelho começou a correr em direção à tribuna de honra, onde Adelaide e os convidados acompanhavam a exibição dos cães. O trajeto mais curto para chegar ao palanque exigia que ele invadisse a pista de competição. Não hesitou, saiu distribuindo cotoveladas para dispersar a barreira humana que se formava adiante. Se suas conjecturas estivessem erradas, ele nunca mais conseguiria emprego no estado de São Paulo!

— Saiam da frente!

— Mas o que é isso?! Quem é esse biruta?

— Alguém chame a polícia!

— Eu sou da polícia! Deixem-me passar!

Do alto da tribuna, a diretora Adelaide reconheceu Coelho, que empurrava pessoas e ameaçava chutar cachorros que atrapalhavam seu avanço. Com aquele comportamento, o detetive acabaria provocando pânico entre os convidados. Horrorizada, ela olhou para o coronel Moreira em busca de ajuda.

***

A algazarra estava formada. Coelho quase pisoteou um bichon frisé. Felizmente, o cãozinho, de um branco absoluto, olhar muito vivaz, bordas nos olhos e pálpebras escuras, orelhas caídas e bem revestidas de pelos finos, frisados e longos, deu uma pirueta e escapou de um fim atroz.

O detetive Coelho, a duras penas, forçando as rótulas, alcançou o palanque e apoderou-se do microfone.

— Atenção! (*cof, cof!*) Atenção! (*cof, cof!*) Sou o detetive Coelho, da Delegacia de Polícia de Crimes Insolúveis contra Pessoas. Todos aqui estão correndo perigo! Não deixem que seus animais experimentem a ração que está para ser distribuída pelos funcionários da Faro Fino! Repito, não deixem que seus animais...

O coronel Moreira aproximou-se de Coelho.

— Investigador Coelho, o que está havendo? O senhor perdeu o juízo?

— Coronel, não tenho tempo para explicações. Só peço que me ajude. O senhor sabe que sou um policial honesto. Mande seus homens prenderem todos que estiverem com uniforme da empresa Faro Fino. E que recolham todas as embalagens de ração que encontrarem, usando a força, se necessário.

— Confio em você, investigador. Vou repassar as ordens agora mesmo! Dê-me o microfone.

***

O motorista de Queixo Quadrado, que segurava Rita, soltou uma imprecação ao ver Coelho no alto do tablado com o microfone nas mãos:

— Chefe, o que vamos fazer?

— Não sei, Carlão! Esse detetive está botando areia em nosso plano. É hora de dar o fora! E vamos levar esses dois fedelhos como reféns!

O momento havia chegado. Giba sabia que não teria outra oportunidade como aquela. Deu um giro, levando o cotovelo ao rosto do brutamontes que imobilizava Rita, sem se preocupar com sua própria segurança. O homem foi ao chão.

— Fuja, Rita!

Queixo Quadrado, que mantinha a arma nas costas do garoto, preparou-se para apertar o gatilho. Mas um golpe o atingiu na nuca. O malfeitor teve a mesma sorte de seu capanga, desabando sem sentidos.

Giba deu meia-volta para agradecer pela ajuda inesperada.

— Pati? Não é à toa que você é nossa campeã de judô!

Não houve tempo para comemorar. Um policial imobilizou o menino com uma chave de braço.

— Quieto, você está preso.

Pati estava chocada:

— Preso? Mas o que meu amigo fez de errado?

Giba, porém, entendeu sua prisão. Todos que usavam uniforme da Faro Fino estavam sendo detidos. Com o casaco que Carlão lhe enfiara, ele não passava de mais um funcionário da empresa.

***

Ulisses nem queria pensar como Tobias se sentiria ao perceber que vigiava um par de tênis largado em um reservado de banheiro. Agora era seguir para a escola e reencontrar Pati.

Já próximo ao Galileu, avistou os camburões no meio-fio. Enquanto a polícia empurrava a fila de homens com casacos azuis para as viaturas, ele entrou sem ser percebido. Mas logo entendeu que precisaria de muita sorte para encontrar a menina no meio daquela gente. A não ser que...

***

Depois da balbúrdia, a tribuna de honra estava às moscas. Os convidados, assustados, andavam por ali sem um objetivo. Ulisses aproveitou a oportunidade e subiu no palanque. Então falou ao microfone disfarçando a voz:

— Patrícia Lúcia, estudante do Galileu Galilei, a senhorita é esperada na frente do refeitório... Patrícia Lúcia...

O recado seria ouvido logo! Ninguém chamava Pati de Patrícia Lúcia sem receber em troca um olhar raivoso. Ela detestava "Patrícia Lúcia", e Ulisses sabia muito bem disso.

***

— Vou perdoá-lo dessa vez, Ulisses, mas se tornar a me chamar de Patrícia Lúcia...

O garoto riu.

— Prometo que não acontecerá outra vez, Patrí... Quero dizer, Pati! Mas o que está acontecendo por aqui?

Em poucas palavras, a jovem resumiu os acontecimentos, dando destaque para a prisão de Giba. Rita acompanhava as explicações meneando a cabeça em sinal de concordância.

— Temos de tirar nosso amigo da cadeia antes que os bandidos percebam que ele não é da quadrilha. Se isso acontecer, sua vida correrá perigo!

— Mas como faremos isso, Pati? Eu também estava preso até horas atrás. Se eu aparecer no distrito, o detetive Tobias vai me engolir vivo. Temos de bolar outra estratégia.

— Por que não vamos pedir ajuda ao investigador Coelho?

— Você enlouqueceu? — O rapaz estava chocado. — Coelho provavelmente está associado à organização que arquitetou os ataques de cães a pessoas indefesas. Ele mandou me prender mesmo sabendo que eu era menor de idade, apenas para me tirar de circulação.

— Você está enganado, Ulisses! O detetive foi ao microfone agora há pouco para pedir que ninguém aceitasse a ração Faro Fino como brinde. Sinto que ele não é do mal.

Um delegado nota dez

Carl entrou afobado na delegacia de Sorocaba.

— Queria falar com o delegado de plantão.

O escrivão não ergueu o nariz da máquina de escrever, em que registrava um flagrante de roubo.

— O senhor vai ter de esperar. Estou em um flagrante...

— Preciso falar com o doutor agora. É caso de vida ou morte!

O escrivão interrompeu sua atividade, contrariado.

— Aqui tudo é caso de vida ou morte, meu chapa. Mas todos têm de esperar. Até o presidente da república. Não há exceção!

— Tenho de falar com o delegado imediatamente.

O argumento não foi suficiente para convencer o escrivão.

— Meu amigo, o delegado saiu em diligência e não volta antes de o sol raiar. Por isso, sente-se naquele banco e aguarde. E não me interrompa mais, ou mando jogá-lo numa cela.

Carl percebeu que não venceria a resistência do escrivão. Não tinha muito o que fazer a não ser esperar pelo delegado e torcer para que Giba chegasse a São Paulo a tempo de impedir a exposição de cães.

***

Passava das cinco quando o delegado retornou.

— Este sujeito está a sua espera, doutor — resmungou o escrivão.

O doutor Aristides levou Carl para sua sala. Quando o cientista terminou o relato, o delegado mostrou-se impressionado.

— O senhor me parece um sujeito decente, por isso vou lhe dar crédito. Vamos até essa fábrica ver o que está acontecendo!

O delegado tornou a colocar o paletó.

— Alfredo, Johnny, Jorjão! Ninguém vai para casa! Temos de dar um pulo até a Estrada das Boiadas. Levem as ferramentas pesadas, porque poderá haver barulho. Se o que ouvi for verdade, vamos enfrentar uma quadrilha de altíssima periculosidade.

Pouco depois, Carl estava em uma viatura no meio de homens fortemente armados. O motorista parecia escolher cada buraco da estrada, talvez para testar a coluna vertebral dos passageiros.

***

Não demorou, os policiais estavam diante do Centro de Pesquisas Avançadas Faro Fino. Um homem barbudo apareceu para atendê-los.

— Pois não? Em que posso ser útil?

— Recebemos uma denúncia de que esta empresa está produzindo uma ração que transforma cachorros em feras assassinas e gostaríamos de examinar o local.

— Acho que os senhores se enganaram. Aqui funcionam os laboratórios da ração Faro Fino. Somos uma das maiores empresas de Sorocaba e até contribuímos para a campanha do atual prefeito.

— Não duvido, meu caro. Mas o endereço é este aqui! Se o senhor não se incomodar, quero dar uma olhada nas dependências da empresa. E peça para os seguranças baixarem as armas. Fico nervoso quando vejo um cano apontado para mim.

— Acho que não posso deixá-los entrar, pois o meu diretor não está...

Carl, que se encontrava escondido atrás dos policiais, apareceu diante do porteiro.

— Esse é Bolota, que vigiava meus passos na fábrica.

— Doutor Carl?!

A paciência de Aristides tinha chegado no limite.

— Abra logo este portão antes que eu estoure o cadeado. Vamos entrar de um modo ou de outro!

Assustado com a determinação do delegado, Bolota abriu o portão.

— Jorjão, vá para os fundos! Johnny, cubra nosso flanco esquerdo. Alfredo, proteja a retaguarda...

As ordens eram dadas sem hesitação, e a equipe do delegado agia com presteza. Logo o local estava sob controle dos agentes.

Os cachorros que haviam sido testados por Queixo Quadrado ainda se debatiam contra as grades das jaulas, selvagemente. Esse retrato era mais do que suficiente para o delegado perceber que Carl não mentira. Imediatamente, sacou a arma do coldre.

— Todos com as mãos para cima! Na parede! É a polícia!

Os homens da empresa Faro Fino entreolharam-se sem saber o que fazer. Nenhum deles estava preparado para enfrentar uma situação como aquela. Então resolveram se render.

***

O doutor Aristides inspecionou a fábrica, incrédulo. O pátio externo estava tomado por caminhões carregados com pacotes da ração Faro Fino. Esses pacotes seriam enviados para vários pontos de distribuição e alcançariam as principais capitais do país. Uma parte estava destinada à exportação: Nova York, Paris, Camberra, Dubai, Madri, Moscou e Cidade do México...

— Custo a acreditar, Dr. Carl. Se não chegássemos a tempo, essa mercadoria viajaria para os recantos mais distantes do país... e do mundo!

— Sim, doutor Aristides. Depois disso, os ataques de cães começariam a ocorrer em uma infinidade de lugares.

— Seria um banho de sangue!

***

Os policiais que acompanhavam o doutor Aristides eram durões, acostumados aos rigores da profissão, e mesmo assim estavam chocados com a história.

Carl continuava a explanação.

— Enquanto os ataques se multiplicassem, hackers contratados por Khaus espalhariam um boato na internet de que um vírus exótico teria contaminado toda a espécie canina. Assim, ninguém associaria os ataques à Faro Fino. E, mesmo que o fizessem, não teriam como provar esse fato. O Zíon-3 desaparece no organismo do animal minutos depois de ser consumido, embora seus efeitos sejam permanentes. A culpa recairia sobre os cães. Eles seriam perseguidos implacavelmente onde quer que fossem encontrados.

— Felizmente conseguimos evitar que os caminhões saíssem do prédio — arrematou o delegado, tossindo para retirar um pigarro da garganta.

— Ainda bem que o senhor acreditou em mim, doutor Aristides.

— O mérito é todo seu, doutor Carl. Confesso que não foi fácil aceitar a ideia de cachorros transformados em feras, mas o senhor soube ser convincente. Bem, passaremos horas lavrando os flagrantes. Mas valerá a pena, pois conseguimos tirar esses facínoras de circulação.

— É verdade, mas só teremos tranquilidade quando Khaus for capturado.

— Não se preocupe, doutor Carl. Cedo ou tarde esse facínora acabará na prisão!

— É o que espero, senhor delegado! É o que espero! Mas posso lhe pedir um favor especial?

— Fique à vontade! Peça sem rodeios.

O outro não se fez de rogado.

— O rapaz que ajudei a escapar, Giba, queria que eu levasse a São Paulo uma encomenda muito especial para ele. Uma coisa que ainda está nesta fábrica.

— Conte comigo, doutor. Assim que acharmos o que o senhor deseja, vamos levá-lo de viatura até a capital. Jorjão, Johnny, Alfredo, venham. Temos algo importante para fazer...

Giba bem, Tobias mal

A Polícia Militar e a Polícia Civil atuavam em conjunto para evitar que os pacotes da ração Faro Fino fossem distribuídos aos cães na exposição. Um a um, os funcionários da empresa eram algemados e levados do Galileu aos camburões. Giba, entre eles, puxou a gola do casaco para esconder o rosto das fotografias tiradas pelos repórteres.

Coelho, novamente ao microfone, acalmava os presentes:

— Senhores! Senhoras! Nossos agentes estão controlando a situação! Não soltem a mão das crianças e mantenham seus animais de estimação nas coleiras. Quem recebeu a amostra grátis da ração Faro Fino, devolva à polícia, por favor. Seu consumo representa um perigo para os cães...

***

Não era fácil controlar o tumulto. Uma senhora com um rico colar no pescoço caçava seu yorkshire terrier.

— Lindolfo, onde você está, bebê? Venha com a mamãe...

Os profissionais da imprensa que tinham sido destacados para cobrir uma monótona exposição de cães estavam excitadíssimos.

— Investigador Coelho, o Instituto de Educação Galileu Galilei é alvo de terroristas? Alguma relação com o fato de a filha do cônsul americano estudar na escola?

— Por favor! Não tenho como dar maiores esclarecimentos por ora — repetia Coelho.

***

Os policiais, reunidos, conseguiram enfim controlar o distúrbio. O saldo da confusão consistia em uma única vítima: um grandalhão que fora encontrado desacordado ao lado da tribuna de honra com o nariz quebrado. Uma ambulância o levara a um hospital.

***

Testes realizados pelos peritos da polícia com as bolotas da ração Faro Fino demonstraram que os cachorros se transformavam em bestas assassinas ao ingeri-las. Uma catástrofe tinha sido evitada, graças à perspicácia e a coragem do investigador Coelho. Os exames de laboratório prosseguiam, pois ainda não se sabia qual era o princípio ativo que atuava no organismo dos animais. O Zíon-3 evaporava assim que se tentava isolá-lo.

A diretora do Galileu continuava atônita:

— Estou vivendo um pesadelo! Um pesadelo pavoroso!

Coelho tentava consolá-la:

— Lamento, Dona Adelaide. Mas eu precisava evitar que o Galileu fosse usado para propósitos criminosos.

— Sim, investigador, é claro. Mas por que a prisão de Giba?

— Infelizmente, ele está ligado aos malfeitores que queriam espalhar o pânico na nossa comunidade.

— Não posso acreditar. Giba é um dos nossos melhores estudantes. Não entendo por que nem como se envolveria com gente dessa laia.

— Sei que a senhora é uma mãe para os jovens que estudam neste estabelecimento, mas infelizmente alguns escolhem o caminho do mal.

— Essa é uma acusação muito séria, detetive.

— Concordo. As evidências estão aí, contudo. Também há outro estudante do Galileu ligado a esses bandidos. Um moleque chamado Ulisses, que está sendo interrogado em minha delegacia.

Um grito escapou da garganta da diretora:

— Ulisses?! Não é possível!

**

Coelho preparava-se para despedir-se de Dona Adelaide, quando Pati, acompanhada de Ritinha, apareceu na porta da diretoria:

— Investigador Coelho?

— Eu mesmo, minha filha. O que deseja?

— A prisão de Giba é um equívoco! Ele é meu amigo e…

— Como acabei de dizer à dona Adelaide, a prisão do Giba não foi um engano. Esse menino integra uma quadrilha que queria transformar o pátio do Galileu em um açougue humano.

— O senhor está enganado! Ele é apenas um menino que…

O CASO DOS CÃES IRADOS 131

— O Giba deve ser seu namoradinho, não? Essa é a razão do seu empenho em soltá-lo?

A menina corou.

— Ele não é meu namorado. Somos amigos! E a prisão dele, repito, é um grande erro!

Surpreendido pela bravura de Pati, Coelho titubeou. A mocinha prosseguiu:

— Detetive, me escute. Giba estava investigando os ataques dos cães na zona oeste. Ele achava que esses ataques estavam sendo orquestrados por algum cérebro maligno. Por isso ele resolveu examinar o quartinho do seu José...

— Ah! Eu desconfiava disso desde que o apanhei na diretoria com a chave do zelador nas mãos.

— O Giba botou na mochila tudo o que encontrou na casinha do seu José e levou para casa. Mas a irmã dele — Pati apontou para Rita com o dedo — remexeu esse material e encontrou uma embalagem da Faro Fino. Ela então resolveu seguir para o endereço da fábrica em Sorocaba e acabou descobrindo as experiências que os bandidos realizavam com os cachorros. Giba tentou libertá-la e também terminou nas mãos desses bandidões...

— É verdade, detetive! — afirmou Ritinha. — Nós fugimos desses homens horríveis graças a um cientista chamado Carl. Eu e meu irmão viemos para cá, queríamos impedir que a exposição acontecesse, pois já sabíamos que a ração Faro Fino era perigosa.

— Vocês têm como provar o que estão dizendo? Não posso liberar Giba só com base nessa conversa.

— O doutor Carl foi à polícia de Sorocaba para contar tudo sobre o Centro de Pesquisas Avançadas Faro Fino. Ligue para lá, por favor!

— Vou fazer isso. Mas, se estiver mentindo, vai se dar mal, mocinha.

Coelho acionou o celular:

— Alô? É do Primeiro Distrito de Sorocaba? Quero falar com o delegado Aristides... Diga que é o investigador Coelho.

Ele aguardou um tempo na linha até que ouviu a voz do delegado.

— Doutor Aristides? Aqui é o Coelho, investigador da Polícia de São Paulo. Preciso de uma informação... Por acaso um sujeito chamado Carl apareceu por aí para fazer uma denúncia sobre uma empresa de ração de cachorro? Sim?! O que me conta disso?

O delegado fez um bom relato do que se passou por lá.

— Obrigado, doutor Aristides — agradeceu o detetive. — Nos falamos depois. Abraços!

Coelho dirigiu-se a Pati:

— O delegado de Sorocaba confirmou sua versão. Vou mandar soltar Giba!

Pati fez biquinho.

— Peça também que não prendam mais Ulisses.

— Ulisses!? O Ulisses está no distrito sendo interrogado.

Nesse instante, Ulisses apareceu por trás de Pati, como um mágico que sai detrás da cortina para apresentar seu número.

— Não estou mais, não!

— Ei! Como conseguiu escapar do Tobias?

***

Giba foi libertado e o pedido de captura de Ulisses foi revogado. Evidentemente, isso não livrou Tobias de receber um bom puxão de orelhas. Cair no velho truque do banheiro?

Depois de solto, Giba narrou como tinha sido confundido com um funcionário da Faro Fino por conta do casaco que Carlão lhe obrigara a vestir. E o bandido foi preso no instante em que deixava o pronto-socorro, após ter recebido atendimento médico para cuidar do nariz fraturado.

Morte, temor... e metro

Coelho desceu apressado do táxi, deixando o troco nas mãos do motorista. Ele tinha prometido retornar ao Galileu Galilei para conceder uma entrevista coletiva. Profissionais da imprensa de toda parte esperavam ansiosos no portão de entrada. Coelho enfrentou o batalhão de fotógrafos e foi cercado pelos seguranças da escola. À custa de muito esforço, eles impediram que o detetive fosse seguido pelos corredores. Finalmente Coelho parou à porta da diretora Adelaide, com o suor escorrendo pelo rosto.

Com os nós dos dedos, deu três batidas rápidas na porta. Era o sinal de que estava só.

— Investigador Coelho, quanta honra! Entre, entre!

— A honra é minha, Dona Adelaide, por ser recebido mais uma vez nesta casa que é um modelo para o ensino brasileiro.

Coelho não era a única visita. Espalhados pelo sofá e poltronas de couro estavam Giba, Rita, Ulisses, Pati e o cãozinho Otto. Cada um deles recebeu um abraço afetuoso do policial.

— É bom vê-los novamente! Aproveito a reunião para pedir desculpas por alguns deslizes que cometi.

Giba o interrompeu:

— O senhor estava cumprindo seu dever.

— Mesmo assim, cometi erros!

O menino repetiu o gesto de que tudo estava resolvido. Dona Adelaide consultou o relógio.

— A hora se aproxima.

— Sim! — concordou Coelho. — O que vamos dizer na entrevista coletiva?

— Como assim "o que vamos dizer"? — espantou-se Giba. — A verdade, ué! Mostrar que há pessoas que são um retrato do mal. Mas que podemos contar com gente como o doutor Carl, capaz de arriscar a vida pela humanidade.

— Não pretendo omitir nenhum fato. Principalmente sobre a participação de um grupo de estudantes que se comportou como um esquadrão de dar inveja a investigadores profissionais. — Coelho piscou o olho para o adolescente.

— Mas o herói dessa história foi o senhor — sustentou Pati. — Se não fosse sua coragem para interromper a exposição, os funcionários da Faro Fino teriam distribuído a ração para todos os cachorros que estavam no evento.

Adelaide sorriu.

— Quando vi o investigador atropelando o público para chegar ao microfone, pensei que ele tivesse enlouquecido. O prefeito e os demais convidados na Tribuna de Honra devem ter pensado o mesmo.

Coelho sorriu, fazendo ares de modéstia. Adelaide prosseguiu:

— Mas ainda não sei como o senhor deduziu, naquele instante, que o público presente na exposição corria perigo.

— Posso esclarecer esse ponto — interveio Giba. — Não havia como escapar do Centro de Pesquisas da Faro Fino! Por isso, pedi a Carl que fosse ao vestiário da empresa e cobrisse com tinta azul algumas das letras brancas dos uniformes azuis dos funcionários. As letras que sobraram escondiam uma mensagem em código que eu esperava que fosse interpretada por alguém.

— É a minha vez! — atalhou Coelho. — Depois de muito pensar sobre o caso, percebi que algumas das peças do quebra-cabeça estavam diante do meu nariz. A vítima do último ataque de cães trabalhava no Galileu Galilei. Seu agressor, o vira-lata Zecão, tinha ingerido uma substância desconhecida que provocou sua ira. O "médico" que foi ao Hospital das Clínicas para saber do seu estado de saúde estudava no Galileu! E assim por diante.

— Mas o que as letras nos casacos diziam? — interrompeu Adelaide, ansiosa pelo desfecho da explicação.

— Chegarei lá, Dona Adelaide! Como disse, todos os acontecimentos convergiam para sua escola. Não podia desprezar, nessa linha de raciocínio, o fato de que haveria uma exposição de cães no Galileu patrocinada por uma empresa de ração. Quando percebi que as letras que sobraram nos casacos dos funcionários da Faro Fino eram E, O, M, T e R, matei a charada. Reposicionando essas letras podemos construir "temor" e "morte", palavras que falam por si só!

Adelaide não escondia sua admiração pelo policial. Ele prosseguiu o raciocínio:

— Mas essas letras também formavam "metro", a unidade de medida de comprimento do Sistema Internacional, cujo símbolo é o "m". O "m", na escrita hierática egípcia, representava uma coruja, ave que simboliza a sabedoria, mas também o mau augúrio, a morte e as trevas. Evidentemente, alguém estava querendo dizer que a Faro Fino levaria trevas, morte e temor para o evento. Eu não tinha como ficar de braços cruzados!

— Eu não esperava que chegasse tão longe em sua análise — admitiu Giba.

Coelho sorriu, envaidecido.

Adelaide não se conteve:

— O senhor merecia uma estátua...

— Só fiz minha obrigação, Dona Adelaide — gaguejou Coelho, ruborizado. — Esses meninos e meninas, sim, merecem todas as homenagens.

— Então, investigador, vamos chamar os repórteres para contar como o projeto da quadrilha comandada por Khaus foi por água abaixo!

Coelho, Adelaide, Giba, Pati, Ulisses, Rita e Otto seguiram para o salão nobre da escola, em cujas paredes pendiam retratos de todos os diretores que dirigiram a instituição em tempos pretéritos. A imprensa já se encontrava lá.

— Investigador Coelho! Detetive! — Os chamados reverberavam no recinto. Dezenas de flashes fotográficos espocavam no rosto do policial.

— Investigador Coelho!

— Calma, minha gente. Vou responder cada pergunta, sem dar preferência a nenhum veículo de comunicação. Todos serão tratados de forma igual. Mas antes preciso apresentar uma turma muito especial. Esses jovens que estão me acompanhando. Esses pequenos heróis que...

Quando a realidade supera a ficção!

Coelho contou a história sem omitir detalhes, como prometera. Quando chegou à parte em que Giba, Rita e Otto assustaram o motorista da Faro Fino fingindo-se de zumbis, ouviu-se o protesto de uma jornalista com um crachá de um jornal do Canadá:

— *Mister* Coelho, sabemos que os brasileiros são irreverentes e têm um senso de humor original, mas não viemos aqui para ouvir lorotas. Muitos de nós atravessaram meio mundo para chegar aqui. Horas e horas de voo. O senhor vai querer que acreditemos que um trio de adolescentes, uma criança de dez anos e um cachorro conseguiram solucionar um crime que estava deixando a polícia de São Paulo zonza? Por favor, nossos leitores não merecem essa piada!

O detetive estava em uma bela enrascada. O burburinho formado por repórteres, radialistas, blogueiros, apresentadores de TV, entre outros profissionais da mídia tradicional e da internet, ameaçava descambar em um tumulto generalizado.

— Investigador, respeite a imprensa livre! O povo tem o direito de saber o que está ocorrendo. Estamos em uma democracia!

— Isso mesmo — complementou uma chinesa, em um português sofrível. — Ninguém vai acreditar nessa história de crianças superpoderosas. Soa inverossímil. Se eu publicasse essa matéria em Hong Kong, meus leitores ririam de mim.

— Queremos a verdade! — repetiu um outro. — O mundo inteiro está preocupado com esse psicopata chamado Khaus. Não é só no Brasil que existem cães! Todos estamos em perigo!

O clima fervia! Giba, que estava ouvindo a entrevista ao lado de Dona Adelaide, aproximou-se do detetive e cochichou algo em seu ouvido. Coelho, com um ar de cansaço, assentiu.

— Certo, Giba! Não há o que fazer. O povo, às vezes, não merece a verdade. Deixe comigo.

O menino se afastou, e o detetive retomou o microfone:

— Peço desculpas! Eu estava realmente brincando! Queria prepará-los para uma história que parece ter saído de uma novela de ficção. A história de um homem com uma mente doentia que pretendia fazer com que a humanidade deflagrasse uma guerra contra os cães, até o extermínio absoluto destes animais. A verdade é que tudo não passou de uma intensa investigação conduzida pela polícia...

***

Ao encerrar o depoimento, Coelho foi alvejado por perguntas.

— Investigador, e o tal de Khaus? É verdade que esse facínora deixou o país?

— Quando um cidadão de bem conseguirá deitar a cabeça no travesseiro sem se preocupar com esse maluco?

— É verdade que Khaus está produzindo uma droga para transformar periquitos australianos em aves assassinas?

— A Polícia Federal e a Guarda Nacional vão ser acionadas? E o Exército?

— O zelador do Galileu Galilei foi sequestrado por esse bandido? Ele ainda está vivo? Quando a polícia vai libertar o pobre homem?

— Senhores, senhoras… Nada mais a declarar. Estou há horas sem dormir. Voltarei a dar novas entrevistas quando tiver novidades.

Os jornalistas enfim deixaram o colégio, levando ainda grandes dúvidas.

— Vou pedir que lhe sirvam um cafezinho, investigador.

— Obrigado, Dona Adelaide. Enfrentar a imprensa é a parte mais penosa da minha profissão.

— O senhor se saiu muito bem!

— Mas foi muito doloroso excluir a participação dos seus estudantes na solução desse caso. Sem eles, Khaus teria atingido seu objetivo maléfico.

— Paciência. Eles não serão os primeiros heróis da História a ficarem no anonimato — filosofou a diretora. — O mais importante agora é descobrir onde Khaus está escondido. Pelo bem da humanidade.

— Ele não tem para onde ir — lembrou Giba. — Sua base em Sorocaba foi tomada pela polícia e seus capangas estão trancafiados. Apanhá-lo é apenas uma questão de tempo.

— Gostaria de ter a sua confiança — disse Coelho. — Mas ele age como um fantasma!

— Não se trata de simples confiança, detetive. Se meu plano funcionar, em breve esse facínora estará numa penitenciária de segurança máxima.

— No que você está pensando, garoto?

— Preciso que o senhor reúna algumas pessoas no pátio do Galileu amanhã, por volta das dez horas.

— Pessoas? Que pessoas?

Giba apanhou uma caneta e escreveu alguns nomes numa folha.

— Eis a lista.

O policial passou os olhos pela relação. "Esse menino é bem atrevido! Ele quer que eu traga para cá certas pessoas que estavam na exposição, até mesmo o prefeito."

O detetive guardou a lista no bolso. Nesse exato momento, novas batidas na porta foram ouvidas. Adelaide deu dois passos adiante para abri-la:

— Seu José?! O senhor? Por onde andou? Depois do seu sumiço do hospital chegamos a pensar que estivesse morto.

O homenzinho sorriu timidamente, esperando o convite para entrar.

— Entre! — disse a diretora. — Venha sentar-se. O senhor não está em condições de ficar em pé!

— Obrigado, Dona Adelaide.

O visitante seguiu a diretora até a poltrona mais próxima e começou a contar sua história.

— Fui tirado do hospital por um sujeito com um queixo quadrado. Ele me levou para um hotelzinho na cidade, avisando que um tal de Khaus chegaria para falar comigo. Durante horas esperei por esse Khaus, apavorado. Como ele não apareceu, num dado instante tomei coragem e saí do quarto. O recepcionista cochilava e não me viu descer as escadas.

Quando cheguei à rua, pedi socorro a um motorista de táxi, que me trouxe até aqui.

— Você teve sorte! — comentou Coelho — Não é fácil escapar dessa gente!

***

Para a imprensa, Coelho passou a ser um modelo de servidor público. Destemido, incansável, incorruptível! Sua história estava em todas as redes sociais, rádios, jornais e televisões. À frente da Polícia Civil, ele fora o responsável pela prisão de vários integrantes da quadrilha que queria provocar o pânico no seio da população. O chefão dos marginais, segundo fontes oficiais, seria capturado nas próximas setenta e duas horas.

O detetive era recebido com honrarias no café da esquina, no restaurante onde almoçava, na banca de jornais...

— Seu Coelho, tome um cappuccino!

— Investigador, o senhor está nas manchetes. Leve um exemplar do jornal...

— O virado à paulista é cortesia!

Por vezes ele reagia:

— Enlouqueceu, Pereira?! Tenho cara de quem quer comer de graça?

O coelho sempre esteve lá

Coelho cumprira a promessa. As pessoas da lista estavam reunidas no pátio, visivelmente contrariadas.

— Obrigado, investigador. Se eu estiver certo, Khaus está no meio dessa gente que o senhor trouxe para cá — sustentou Giba.

— Está brincando?

— Não! Depois que Queixo Quadrado me contou que a ração seria distribuída na exposição, deduzi que uma criatura como Khaus gostaria de desfrutar do espetáculo ao vivo. E o único lugar onde ficaria sem correr riscos era a tribuna de honra, a mais de dois metros do chão, onde estariam também dona Adelaide, funcionários e autoridades.

— Faz sentido! Mas como o identificaremos no meio dessa gente? — perguntou Coelho. — Você espera que ele se renda e diga "Eu sou Khaus"?

— Não se preocupe, detetive. Meu amigo Carl, de quem o senhor já ouviu falar, está vindo de Sorocaba com uma encomenda especial. Essa encomenda será a chave para a captura de Khaus!

O detetive coçou a cabeça.

— Alguma engenhoca que apita quando se aproxima de um vilão?

Giba riu.

— Contenha a curiosidade. Carl não deve estar longe.

***

Os ânimos começavam a ficar exaltados.

— O que estamos esperando, detetive?

— Minha gente! — disse o policial. — Sabemos que a exposição de cães quase acabou em uma grande chacina! E o facínora que a imaginou está entre nós.

— O senhor enlouqueceu?! — gritou alguém.

— Está dizendo que somos suspeitos?

— Nunca fui tão insultado!

O barulho começou a ficar ensurdecedor.

— Não sei por que vim para esta reunião, mas não pretendo ficar mais nem um minuto aqui — reclamou alguém.

— Digo o mesmo! — exclamou outro, com expressão de poucos amigos.

Um assessor do prefeito ergueu o dedo.

— Considere-se fora da polícia!

Apesar das ameaças, Coelho sustentou:

— Ninguém vai embora até resolvermos esse assunto. Nem mesmo o prefeito! Daqui a pouco a identidade do marginal que idealizou o crime do século será revelada.

O presidente da Associação de Pais e Mestres do Galileu enrugou a testa.

— Investigador Coelho, o senhor tem um voto de confiança, mas não ficaremos aqui o dia todo.

***

Ainda demorou uns quinze minutos até Carl enfim aparecer carregando uma gaiola envolta por um pano escuro. Quando a cobertura foi retirada, o choque foi imenso.

— Um gato? Estamos aqui por um gato???

— Isso é um insulto para todos nós, cinófilos!

***

Não era um gato qualquer, e sim um angorá turco. O primeiro gato de pelo comprido que chegou ao continente europeu! O bichano passou pela portinhola e saltou para o piso de cimento. Dali, passeou entre as pernas dos presentes, sem se deixar impressionar por nenhum deles. Então, depois de uns minutos, retornou à gaiola.

Giba estava destroçado. Sua teoria ruíra como um castelo de cartas! O bichano que trouxera de Sorocaba era o mascote de Khaus, o gato que Carl vira no colo do bandido na noite em que realizaram os testes com o Zíon-3. A indiferença do bichano pelos presentes, no pátio da escola, era a prova definitiva de que o dono dele não estava entre aquelas pessoas.

***

Coelho sentiu que era uma boa hora para pedir a aposentadoria... O prefeito e sua comitiva tinham ido embora espumando pela boca!

— Sinto muito, detetive.

— Não se aborreça, Giba. Eu sabia do risco.

O clima era de velório.

De súbito, Giba espalmou a mão na testa.

— Como pude ser tão estúpido?

— O que houve? — quis saber o investigador.

— Não podemos deixar Carl sair do Galileu!

***

Carl foi alcançado no instante em que sinalizava para um táxi. O angorá turco estava com ele.

— Doutor Carl, o trabalho ainda não terminou!

***

— Minha teoria não estava furada — explicou Giba. — Khaus queria assistir pessoalmente à exposição de cães de raça, mas um acidente pôs tudo a perder!

Coelho arregalou os olhos.

— Ainda não estou compreendendo…

— Me acompanhe até os fundos do colégio, investigador! O senhor conhece o caminho.

— Seu José, abra a porta!

Passos arrastados se dirigiram à porta.

— Do que se trata?

— Podemos dar uma palavrinha com o senhor?

Do outro lado, Giba e Coelho, acompanhados de Carl, que segurava um angorá branco nos braços, aguardavam a porta ser aberta. Quando ela se abriu, o bichano ronronou de felicidade.

— Fora daqui, seu traste! — gritou o homem.

Giba exibiu um sorriso de triunfo.

O CASO DOS CÃES IRADOS **147**

— Eu estava certo! Khaus tinha de ser alguém próximo ao Galileu. Só não sabia que estava tão próximo! Detetive, permita-me apresentar a criatura que pretendia exterminar todos os cães do planeta, com o sacrifício de milhões de vidas humanas.

O fora da lei fulminou o menino com o olhar.

— Você conseguiu acabar com o projeto da minha vida! Anos de minha existência jogados fora! Mas ainda tenho um trunfo!

Os lábios do vilão curvaram-se num sorriso. Em um movimento rápido, ele apanhou um exemplar de *A ilha do dr. Moreau,* que estava sobre o criado-mudo, e tirou de dentro dele uma arma de fogo.

Coelho recuou. O truque da arma dentro de um livro... E ele, um experiente policial, caíra como um patinho!

Khaus mirou o detetive e depois Giba, apertando o gatilho duas vezes. *Tec! Tec!* Mas os alvos permaneceram incólumes. Então viu Giba tirar do bolso da jaqueta alguns projéteis intactos.

— Creio que isto lhe pertença.

Khaus deixou os braços caírem ao longo do corpo. Estava derrotado.

***

Coelho ainda comemorava, depois de se ver cara a cara com a morte!

— Agora entendi por que você se manteve frio enquanto eu tremia como geleia.

Giba abriu um sorriso:

— Na ocasião em que estive no quartinho, encontrei a pistola no livro de H. G. Wells. Não entendi muito bem por que um zelador de escola mantinha uma arma em seu poder.

Talvez para se proteger, pensei, pois o colégio fica isolado nos fins de semana. De qualquer forma, resolvi tirar a munição da arma, para evitar acidentes. Pretendia devolvê-la no momento oportuno, quando aquele que eu pensava ser o seu José tivesse alta. Acabei me esquecendo delas no bolso da jaqueta...

***

— Seu José!!! Quem haveria de imaginar?

— É, Dona Adelaide. Ele se empregou como zelador no Galileu para acompanhar de perto a exposição.

—A ideia do angorá para identificar Khaus foi fantástica, Giba!

O menino esboçou um sorriso tímido.

***

Ah! O enigma do coelho! O detetive agora desafiava Giba.

— Então como as cenouras sumiam?

— Simples! O coelho estava na horta antes que ela fosse cercada pela tela.

Coelho engasgou-se.

— Certíssimo! Já pensou em ser detetive no futuro, Giba? Você foi o único que já conheci a dar a resposta certa!

***

Giba, Pati, Ulisses e Rita conversavam sob a copa de uma imensa mangueira, na área externa do Galileu. Pati era a mais entusiasmada.

— Chegamos ao fim do mistério!

— Devemos muito ao investigador Coelho — lembrou Ulisses. — Ele arriscou sua carreira para prender Khaus.

— Concordo! Mas, com certeza, devem mais a mim! — protestou Rita.

— O quê?! — Os amigos trocaram olhares.

Rita não se intimidou.

— Isso mesmo! Se eu não tivesse ido a Sorocaba para enfrentar sozinha a quadrilha dos Cães Irados...

Pati controlou o riso.

— Você não é nada modesta, hein?

— Por que deveria? Sem euzinha aqui, vocês ainda estariam andando às cegas, sem saber qual direção tomar.

— Cada um de nós teve um papel importante nessa aventura! — interveio Ulisses.

— Isso mesmo — acrescentou Giba. — Mas sou obrigado a reconhecer que você foi muito corajosa.

— *Thank you!* Agora só precisamos de um nome para a nossa equipe, não acham?

— Nome? — espantou-se Ulisses.

— Mas é claro! Todo grupo que se preze tem um nome. E vocês estão com sorte, pois achei um nome perfeito. Tchã, tchã, tchã, tchãããã... GRUPO! Com letras garrafais!

— GRUPO? Criatividade não é seu forte — zombou Pati.

— Engano seu! GRUPO é um nome inspiradíssimo... Tem G de Giba, R de Rita, U de Ulisses e P de Pati!

— Não está faltando o O? — quis saber Ulisses.

Otto, que até então estava quieto aos pés da dona, começou a latir, e os amigos não controlaram o riso.

— Aprovado — aclamaram todos. — De agora em diante, se a gente se reunir para desvendar novos casos de mistério, o nome da nossa equipe será GRUPO.

Quem não tem cão...

Friedrich e Hans tinham sido amigos na infância, na cidade de Darmstadt, na Alemanha. A amizade permaneceu depois que Hans se tornou um cientista prestigiado e Friedrich, um pacato professor universitário. Quando recebeu as anotações do amigo, Friedrich pressentiu sua importância e guardou--as no lugar mais seguro que conhecia: a ala de sua biblioteca dedicada à língua concani, falada em Goa, na Índia. Ele estava certo de que não apareceriam curiosos para xeretar naquelas prateleiras empoeiradas.

***

Khaus adotou o nome de José Linhares e tornou-se zelador do Galileu Galilei, cenário eleito para ser o estopim da guerra entre cães e humanos. Em seus horários de folga, jogava punhados de bolotas da ração com o Zíon-3 pelas grades de algumas residências da vizinhança. Era o modo que encontrara para superar o tédio, enquanto esperava pela IV Exposição de Criadores de Cães de Raça.

Zecão foi um acidente! Naquele dia, como zelador, ele foi atender um chamado de Dona Adelaide e esqueceu a porta do quartinho aberta. O cão aproveitou-se do descuido para encontrar a ração Faro Fino. Quando retornou, Khaus teve de enfrentar a fúria do vira-lata.

***

O pequeno grupo conversava animadamente em torno da mesa no refeitório do Galileu. Ulisses perguntou ao investigador Coelho:

— O senhor ainda não disse por que Khaus quis sair do hospital. Ele poderia ficar lá até se restabelecer, sem despertar suspeitas.

— Quando me viu no quarto, Khaus sabia que eu voltaria para interrogá-lo. Por isso ligou para Queixo Quadrado, ordenando que o capanga o tirasse de lá. Queixo não imaginou que estava sequestrando o próprio chefe.

No hotel, onde foi deixado por Queixo, ele acompanhou as notícias sobre a prisão dos funcionários da Faro Fino em São Paulo. Notícias posteriores anunciavam que as instalações da empresa, em Sorocaba, tinham sido invadidas pela polícia. Percebendo que não teria para onde ir, resolveu voltar ao Galileu, onde ficaria em segurança por uns tempos.

— Só não esperava encontrar certo gatinho angorá! — lembrou Rita.

— Um gatinho campeão! — finalizou Dona Adelaide. — Afinal, quem não tem cão caça com gato.

Os risos explodiram.

Coelho consultou o relógio de pulso:

— Tenho de retornar para o distrito. Fui encarregado de trabalhar no roubo da casa do filho do governador.

— O senhor não quer contar os detalhes desse caso? Quem sabe...

— Nem pensar! Vocês se saíram bem no Caso dos Cães Irados, como se fossem policiais veteranos. Mas eu não permitiria que se envolvessem novamente com delinquentes de alta periculosidade.

— Soube que Khaus não será levado à Justiça — disparou Giba.

— É possível! — admitiu Coelho. — Os psiquiatras acham que ele não tinha plena compreensão dos seus atos.

— Esquisito! Ele dispõe de um cérebro privilegiado para engendrar um crime quase perfeito, mas não goza de saúde mental para responder por seus atos.

— A discussão sobre esse tema vai longe. O importante é que Khaus não ficará em liberdade, pois, se for declarado inimputável, será levado para um hospital-presídio.

— Até alguém dizer que está curado, e a Justiça resolver libertá-lo!

— Essa é a realidade. Por isso a luta contra o mal nunca termina.

***

O psiquiatra forense tentava tirar do prisioneiro uma razão para seu ódio pelos cães.

— Boa tarde, senhor Khaus. Sou o médico encarregado do seu caso. Posso chamá-lo assim, não?

— Khaus é como quero ser chamado, doutor.

— Ótimo! O senhor teria alguns minutos para responder a umas perguntas?

— Tempo é o que não me falta neste buraco, doutor! Ha! Ha! Ha!

— Por que queria exterminar os cães? Dálmatas, pastores alemães, perdigueiros...?

— Não esqueça do lulu da Pomerânia, doutor... e outros mais! Akita, cão pelado mexicano, dogue alemão, husky siberiano, chihuahua, fila brasileiro, galgo espanhol, jack russell terrier... São tantos!

O médico ergueu as sobrancelhas.

— Pois é, doutor. Gostaria de exterminar todos! Por uma razão muito simples. Os cães são parasitas que vivem à custa dos humanos.

— Parasitas? O homem tira proveito da relação com os cães. Além de serem usados como companhia e guarda, eles desempenham tarefas importantes, conduzindo pessoas com deficiência visual, atuando em operações de resgate, auxiliando a polícia...

— A relação custo-benefício não compensa!

— O senhor não está sendo radical?

— Radical? Existem milhões desses pulguentos no mundo. As fezes de duzentos mil deles chegam facilmente a dezesseis toneladas por dia. Tanto cocô pelas ruas é a causa de milhares de acidentes. Quem derrapa nessa porcariada acaba em hospitais com os ossos quebrados.

— Mas muita gente recolhe as fezes dos seus cachorros. Eu mesmo...

— Não muda nada, caro doutor. A maioria não se preocupa em recolher os excrementos. Essas fezes acabam transmitindo enfermidades como bicho-geográfico e lombrigas.

— O senhor tem razão a respeito, mas...

— Quer mais? Cães soltos se tornam vira-latas e provocam acidentes nas ruas e rodovias.

— Entendo, senhor Khaus. No entanto, esses fatos não lhe autorizavam a colocar em risco a vida de inocentes. O senhor é responsável por vários ataques na região da zona oeste...

— Doutor, tenha dó! O que é a vida de alguns inocentes diante das vantagens que a eliminação dos cães traria para todo o planeta?

— O senhor acha que uma guerra entre cães e homens seria bom para a humanidade?

Khaus não respondeu à pergunta, dando a entender com o semblante que a resposta era óbvia. O psiquiatra resolveu encerrar a entrevista.

— Obrigado, senhor Khaus. Retorno amanhã para continuarmos nossa conversa.

— Ainda estarei aqui, doutor. Ha, Ha, Ha!

***

— Como o senhor está se sentindo hoje?

— Não tenho queixas.

— O senhor tem consciência do porquê de estar preso?

— Claro! E não me arrependo. Eu deveria receber uma medalha. Virá o dia em que o cachorro terá os direitos de uma pessoa. Logo um totó será eleito senador. Isso já aconteceu com um cavalo em Roma, não é?

— Percebo que o senhor realmente acredita que esses animais são um estorvo. Mas há algo que não nos contou.

O médico levantou uma folha de seu bloco.

— O senhor é neto de Friedrich Weber, amigo de juventude de Hans Schubart, o gênio que idealizou a substância batizada de Zíon-3. Essa substância seria usada para contaminar os alimentos de cães em território inimigo durante a Segunda Guerra Mundial. Certo?

Após um aceno afirmativo de Khaus, o médico prosseguiu:

— Em sua infância, o senhor foi mordido por um cachorro em um parque. Por causa disso, enfrentou dolorosas cirurgias, não é? Posso concluir que foi a partir daí que seu ódio pelos cães começou.

Os olhos de Khaus reviravam nas órbitas. O psiquiatra notou a reação e continuou:

— O senhor encontrou as anotações de Hans Schubart, que estavam escondidas na biblioteca de seu avô. Logo percebeu que estava diante de um tesouro... A chance de transformar em realidade seu maior sonho: eliminar os cachorros do planeta. Só precisava encontrar alguém que pudesse concluir o trabalho do doutor Schubart. Essa pessoa seria o doutor Carl, um bioquímico especializado em alimentação animal, que vivia no Brasil. O senhor veio para cá e construiu as instalações necessárias para as pesquisas, depois atraiu o doutor Carl, não é?

O psiquiatra finalizou o raciocínio:

— Ou seja, não são apenas as toneladas de cocô que serviram de combustível para movimentar sua aversão pelos cães...

Khaus não esperou o psiquiatra concluir e fez sinal para que o guarda o reconduzisse à cela. A entrevista estava encerrada. Tomado pelo ressentimento e pela loucura, ele queria apenas aguardar uma oportunidade de fugir e recomeçar o projeto de varrer os cachorros do globo. E da próxima vez não haveria falhas! Da próxima vez, ele trataria de eliminar alguns estudantes intrometidos antes! Além de um gatinho traidor!

Milton Célio de Oliveira Filho

Nasceu em Ubatuba, em 1953. Formou-se em Direito pela PUC-SP. Além de escrever livros para crianças, é inventor de jogos pedagógicos e jogos de entretenimento, alguns já lançados no exterior. Escreveu diversos livros infantis, como *A arca de Noé*, *Depois do dilúvio*, *Gino Girino*, *Onde está o camaleão?*, *O ovo* e *Dioneia e a abelha*, todos estes pelo selo Globinho. Vários de seus trabalhos receberam o selo "Altamente Recomendável" da FNLIJ. *O caso dos cães irados* é seu primeiro livro juvenil.

Este livro, composto na fonte Fairfield,
foi impresso em papel Avena 80 g/m² na gráfica Imprensa da Fé.
São Paulo, Brasil, junho de 2017.